한국 희곡 명작선 52

만만한 인생

이대영

평민사

이대경

만만한 인생

등장인물

늙은 진구 - 남자. 기업 회장.

유빈 - 여자. 신문기자.

진구 - 남자. 소작농의 아들. 돈을 벌기 위해 아오지탄광으로 갔고, 탈출하다가 붙잡혀 만주전쟁에 끌려간 사내. 옥이를 위해 지주를 폭행하고 이후 고향을 떠나 평생 떠돌이 삶을 살게 된 사나이.

순덕 - 여자. 고아였으나 진구 어머니가 거두어 키움. 진구와 부부의 연을 맺었지만 초야도 치루지 못하고 홀로 살게 된 여인.

효숙 - 여자. 남로당 최고위 간부의 딸. 진구와 사귀다가 아버지와 함께 북으로 피신함.

철민 - 평양 소학교 교사였지만 가족을 구하기 위해 일본군에 지원한 진구의 전우. 해방 후 소련에서 공부하다가 6·25때 인민군 장교가 되어 남한으로 내려옴.

옥이 - 여자. 진구의 이종사촌 동생.

진구母 - 남편을 일찍 여의고 오직 진구 하나 바라보고 살아온 가여운 여인. 가난과 온갖 고생으로 시력을 거의 잃게 됨.

외삼촌 - 옥이 아버지이자 진구의 외삼촌. 다리 장애를 갖고 태어났지만 어렵게 얻은 옥이를 홀로 키움.

그 외 인물들

과수원 이씨, 과수원 청년, 철민 어머니, 효숙 친구 1,2, 진구 친구 1,2, 동네아이들, 지주, 좌익청년들, 우익청년들, 효숙 집 여인, 38선 군인들과 통행자들, 수사관, 북군1, 국군1,2,3, 포로수용소 포로들, 지게꾼, 국밥집 점원과 손님들, 소년병, 일본군 소좌 및 일본군 병사들, 팔로군과 독립군, 평양시민들, 피난민들, 마을사람들, 인민군과 공비들, 비서실장과 비서실직원, 박진구와 그 아내와 딸.

무대

이 연극은 영상과 공연이 합성된 키노드라마(Kino-Drama)이다. 때로는 영상이, 때로는 무대가, 때로는 음악과 영상이 교합한다. 따라서 연극은 공간을 딱히 구분할 수가 없다.

주인공 진구의 의식의 흐름에 따라 무대는 순식간에 전쟁터, 포로수용소, 고향집, 과수원, 만주벌판, 열차 안, 평양역, 광장, 경성 골목, 형무소 등으로 바뀌기 때문이다. 따라서 상징적인 대소도구만으로 빠르게 시공간을 전환하도록 한다.

단, 동시에 여러 사건을 진행하기 위하여 무대는 높낮이가 있어야 하는데 소형 컨테이너 모양의 세트 여러 개면 충분하다. 컨테이너는 아랫단에 3개, 그 위에 2~3개, 또 그 위에 1~2개를 올려놓은 형태로 존재한다. 이 컨테이너는 각각이 작은 시공간을 담고 있으며, 상하좌우 및 전후로 이동이 가능하여 앞으로 나오기도 하고 뒤로 들어가기도 하는 등 입체적으로 활용되어야 한다. 또한 컨테이너는 계단을 통해 등장인물들이 빠르게 상하로 이동할 수 있도록 설계되어야 한다. 어떻게 보면 계단이 곧 컨테이너의 모양일 수도 있다. 앞에서 보아서 각 공간은 정사각형이나 컨테이너가 90도 회전하면 직사각형의 무대가 된다. 이러한 각각의 공간은 다양한 극적 공간으로 활용된다.

각 컨테이너에는 필요한 수량의 거울을 상징하는 천이 달라붙어 있어야 한다. 몬드리안의 그림과 같다. 거울은 제각각 색깔이 담겨 있어야 한다. 또한 큰 거울, 깨진 거울, 조각 거울 등 모양새도 달라야 한다. 이러한 거울 천들이 컨테이너 벽과 계단, 그리고 나무들, 혹은 허공에 매달려 있기도 하다. 이 거울은 영상을 통하여 시대를 알리거나 진구의 내면을 탐험하는 도구로 사용되어 질 것이다.

시간

주인공 진구가 아오지탄광에서 탈출하다가 붙잡혀 만주전쟁으로 끌려가는 1943년부터 월드컵이 열리는 2002년 여름까지의 약 60년의 세월.

제1장

자막 - 서울, 1999년 여름.

무대에 설치된 컨테이너 부스의 가장 높은 곳. 대도시 빌딩 숲속의 높은 건물을 의미한다. 그 안의 비서실과 회장실이다. 비서실 직원들이 늙은 진구가 들어서자 보고를 한다. 그는 들어오자마자 이미 급히 계단을 걸어 오른다.

늙은 진구　누가 왔다고?

비서실장　한국일보 유빈 기자입니다.

늙은 진구　아니, 벌써 왔어?

비서　회장님, 오후 2시에 탈북대학생단체 대표들이 방문합니다.

비서실장　장학금을 지원해 달라는 겁니다.

늙은 진구　지원해 주라고. 늘 해왔던 거잖아.

비서　오후 3시에 레인보우 합창단 대표가 옵니다.

늙은 진구　대표와 통화했어. 유엔 공연하러 가는 모양이야.

비서　오후 4시 한국장애인단체와 미팅 있습니다.

비서실장　취업 관련해서인데요 어떻게 할까요? IMF라서 조금 어렵습니다만.

진구　자네가 알아서 처리해. 계열사 설득해서 가능한 채용하라고.

비서   회장님, 오후 6시에는 아시아포럼 만찬이 있습니다. 미국 대사도 참석한답니다.

비서실장과 비서는 퇴장하고 늙은 진구가 응접실로 들어선다. 기다리고 있던 유빈 기자가 일어나 반갑게 인사한다. 신문을 내민다.

유빈   회장님 인터뷰 기사가 아주 인기가 좋아요.
늙은 진구 다행이군. 이제 겨우 시작인 걸. 앉아요. 어디까지 했지?
유빈   아오지탄광에서 탈출했다는 이야기까지 했습니다.
늙은 진구 그렇군. 내 사촌동생 옥이 이야기는 했나?
유빈   아뇨.

늙은 진구, 창밖을 내려다보듯 객석을 보며 눈을 감는다. 무대 위의 수많은 영상 거울은 순식간에 여동생 옥이, 순덕, 그리고 효숙의 얼굴로 변한다. 크고 작은 수십 개의 영상은 동시에 입을 벌려 말을 한다.

영상 속의 옥이 (무표정한) 오빠. 빨리 도망쳐. 빨리 도망쳐. 군인들이 불을 지를 거야. 불을 지른단 말이야—!
영상 속의 순덕 (족두리를 쓰고 있는 신부) 여보, 난 이렇게 앉아 평생 기다렸다오.
영상 속의 효숙 진구 씨. 난 아들을 낳았어요.

영상 속의 순덕 금세 돌아오신다고 했잖아요.

영상 속의 효숙 난, 아들을 낳았어요.

영상이 끝날 무렵 비명과 동시에, 총소리. 집단 사격 소리. 영상은 핏빛으로 물든다.

늙은 진구 (인상을 쓰고 잠시 괴로워하다가) 아오지를 탈출해서 며칠 동안 야음을 타고 도망쳤지. 며칠 못 가 붙잡혔지. 죽지 않을 만큼 얻어 터졌어. 마침 만주전쟁이 한창이었던지라 난 일본군으로 보내졌어. 탄을 캐다 죽나, 총에 맞아 죽나 어차피 매일반이지.

사이. 하단 무대 일각 –

거대한 포탄 소리, 희뿌연 포연 사이로 일본군 제복을 입은 병사들이 진군하며 등장한다. 사운드로 들려오는 군화 소리가 극장 안을 뒤덮는다. 광장한 위압감을 준다. 그중 정렬해 있던 한 병사가 초조하게 두리번거리다가 진구를 향해 외친다.

철민 야, 진구야, 거서 뭐하고 이서—!

늙은 진구 오줌 누고 있어 하고 내가 말했다오. 바보같이.

제2장

자막 - 1943년 신병훈련소.

훈련을 마치고 거대한 일장기를 들고 정렬해 있는 신병들. 기미가요가 시작된다. 모두 엄숙하게 국가를 부른다. 기미가요가 제창되는 사이, 진구 바지춤을 추키며 허겁지겁 등장한다. 뻥한 동작으로 자리를 찾지 못해 움찔 선다. 순간, 헐레벌떡 그 대열로 들어서서 기미가요를 부르려 하지만 때는 늦었다. 기미가요가 끝나자, 진구는 일본군 소좌에게 끌려 나가 얻어터진다. 미처 혁대를 채우지 못해 바지가 주룩 흘러내린다.

일본군 소좌   바가야로, 조센징, 감히, 천황 폐하를 욕 먹이다니.

진구는 맞고 벌떡 일어나, 잘못했습니다, 연발한다. 진구가 몇 번이고 자빠졌다가 다시 일어나 얻어터지는 동안, 그 동작에 맞추어 어디에서인가 흐르는 독립군가가 아주 느린 박자로 연주된다. 사이. 안절부절 못하던 철민이 나선다.

철민   그만 때리소, 사람 죽갔습네다─!

훈련소 교관들이 신속하게 나와 철민을 포박한다. 철민과 진구는 교대로 얻어맞으며 마침내 바닥에 드러눕는다. 호루라기 소리가 길게 세 번 울린다. 사이. 병사들이 분열하며 사라지고. 두 사람은 군장을 맨 채, 연병장을 돈다.

사이.
영상은 서서히 밤이 되고, 구름 사이로 달이 지난다. 무대 위에는 두 사람밖에 없다. 두 사람은 지친 몸으로 이동 막사 끝에 주저앉는다.

진구 왜 나서고 그래.

철민 얻어터지는 널 보는데 갑자기, 내 맘 속에서 슬픈 노랫가락이 울리는 거이야. 그래서 나도 모르게 냅다 달려 나갔디.

진구 어떤 노래?

철민 쉿. 이리 오라우.

철민은 진구를 막사에서 먼 곳으로 불러낸다. 그리고 아주 조그맣게 독립군가를 흥얼거린다. 그동안 느린 곡조로 무대에 흐르던 박자와 맞아 떨어진다.

철민 신대한국 독립군의 백만 용사야. 조국의 부르심을 네가 아느냐. 삼천리 삼천만의 우리 동포들. 건질 이, 너와 나로다…….

11

진구 무슨 노래야?

철민 독립군가. 우리 큰아바이가 부르던 노래.

진구 (놀라며) 독립군이었어? 근데 네가 여길 왜?

철민 큰아버지 고문 받다 죽고, 아버지까지 붙들려 가는 바람서, 내래 황국신민이라는 걸 부러 증명하려고 자원입대했지.

진구 아버진 살았어?

철민 너도 함 불러 보갔어?

진구 싫어. 무섭다. 우린 팔로군 토벌해야 하고, 그럼 독립군과 싸우게 될 지도 모르는디…….

철민 사람 죽고 사는 거 다 운명이디 뭐.

철민이 조그맣게 선창하고 진구가 어설프게 따라 부른다. "신대한국 독립군의 백만 용사야. 조국의 부르심을 네가 아느냐. 삼천리 삼천만의 우리 동포들. 건질 이, 너와 나로다……" 사이. 주변 막사에서 일본병사들이 하나둘 나타나 이들을 에워싼다. 두 사람은 그것을 모르고 계속 흥얼거린다. 동시에 산속에서 만주 팔로군들이 하나둘 나타나 이들 전체를 에워싼다.

철민 진구야. 난 제대하면 소비에트 연방국으로 간다.

진구 거기가 어디야?

철민 소련. 공산주의 대해 공부하러. 거긴 모든 사람이 평화롭고 평등하단다.

진구   나도 가자.

이때, 갑자기, 팔로군들이 총을 쏘기 시작한다. 일본군이 반격한다.
철민과 진구는 팔로군과 일본군 사이에서 방황하기 시작한다.

제3장

자막 — 만주벌판의 악몽, 1944년 여름.

2장과 이어지며, 어마어마한 소총 소리. 포탄 소리. 포연과 안개로
가득한 만주 골짜기의 영상들. 일본 만주군과 중국 팔로군과 교전
이 벌어지고 있다. 이들은 일보전진 일보후퇴 하며 교전을 벌인다.
그럴 때마다 군가가 바뀐다. 병사들의 교전행위는 차라리 춤과 같
다. 안개가 가득하다.

사이.
순식간에 모든 병사들은 사라지고 진구와 팔로군 병사가 홀로 무
대 중앙에서 마주친다. 앳돼 보이는 소년병이다. 멍하니 서로 본다.
진구가 먼저 총을 쏜다. 소년병은 다리를 맞고 쓰러진다. 진구는 허
겁지겁 도망치려다가 소년의 비명 소리에 움찔 선다.

소년병 살려 주세요, 살려 주세요—

진구는 잠시 망설이다가. 조심조심 소년병에게 다가간다. 그 사이,
만주군과 팔로군의 일진일퇴가 무대 뒤에서 그림자 영상으로 계속
된다.

진구는 총을 겨누며 한 걸음 바짝 다가선다. 소년병은 더욱 공포에 질려 살려달라고 발악을 한다.

소년병 제발…… 날 죽이지 말아요…… 오, 오, 오하요…… 제발…… 스, 스, 스미마생…… 제발.

그는 온갖 외마디 일본말로 진구에게 살려달라고 호소한다. 진구가 멍하니 내려다보다가 그 옆에 쭈그리고 앉는다. 그리고는 소년병을 멍하니 응시한다. 소년병은 다시 한 번 처절하게 목숨을 구걸한다.

진구 조선 사람?

소년병 (그 말에 더 펑펑 운다) 아파요, 날 살려 줘요. 내 말 알아듣죠? 조선인이죠?

진구는, 눈물을 훔치며 총을 옆에 내려놓고는 자신의 구급품으로 소년병의 너덜거리는 다리를 붙잡아 지혈하기 시작한다. 진구의 독백과 소년병의 대화는 시적으로 전개된다.

진구 아무 말도 하지 마. 일본말 할 필요 없어. 난 너의 마음 알아. 난 너의 말을 알아. 내가 너를 쏘았지. 팔로군이라 생각했어. 너도 나를 쏘았겠지. 일본군이라 생각해서. 하지만 우린 적이 아니야. 입고 있는 군복이 서로 다를 뿐 우린 적이 아니야. 몇 살?

15

소년병   열여섯 살.

진구   옥이랑 같은 나이. 한창 꿈 많을 나이. 너도 꿈을 꾸었겠
            지. 희망의 꿈을 꾸었겠지. 그래, 우린 잠시 악몽을 꾸는
            것일 뿐. 다시 해가 뜨면 너와 나는 같은 핏줄 같은 형제.
            입고 있는 군복이 서로 다를 뿐 우린 적이 아니야.

            마치 자기의 상처라도 매만지듯 미친 듯이 지혈에 몰두한다. 그
            순간—
            독립군 소년병의 손이 자신의 장딴지로 내려가더니 날카로운 단검
            을 끄집어낸다. 그것도 모르고 진구는 열심히 상처를 만지고 있다.
            이윽고 소년병의 단검을 쥔 손이 하늘로 솟구쳐 올라가다가, 진구
            의 목으로 조금씩 내려가더니. 멈칫 선다.

소년병   아파요. 차라리 내 다리를 잘라주세요…….

            하는데, 그와 동시에 무대를 흔드는 총소리, 소년병의 머리는 박살
            이 난다. 진구는 소년병을 엄폐물로 즉각 엎드린다. 철민이 저격자
            세로 앉아 있다가, 진구에게 달려온다.

철민   전쟁 중에 적을 치료해 주는 놈이 어딨어—

진구   니가 쏜 거야……? (하며 죽은 소년병을 슬픈 눈으로 내려다본다)

철민   기래, 날래 따라 오라우. 여긴 팔로군 투성이야!

진구   니가 쏜 거야아—

진구의 발악하는 소리에 철민은 놀라, 달려와 그의 입을 막는다. 진구는 완강히 뿌리치며 바닥의 총을 들고 철민을 겨눈다. 철민이 사색이 된다.

철민 와 기래!

진구 (흐느끼며) 앤 적이 아니야. 앤, 열여섯 살이야. 우리 고향 집 옥이랑 같은 나이야! 조선인이야!! 한 동포라고!!

철민 (소년병을 힐끗 본 후) 지 운명이다.

진구 빌어먹을 운명!

철민 쏠 테믄 쏘라우! 전쟁은 어린애 장난이 아니야! 장난으로 사람을 죽이는 거이 아니야! 살기 위해선 누구든 죽여야 돼!! 조선인이고 나발이고 이 앤 팔로군이야!! 난 팔로군을 쏜 거이야! 사람이 아니라 군복을 죽인 거이야! 내 말 알가서!! 그러니 찔찔 짜며 감상 피지 말고 날래 따라 오라우. 아니믄 내 등 뒤를 갈기라우!

철민은 성큼성큼 어둠 속으로 빠져 들어간다. 진구는 어린애처럼 눈물을 찔찔 짜며 소년병을 안타깝게 쳐다본다. 갑자기 총소리가 콩 볶듯이 터져 나온다. 진구는 깜짝 놀라서 웅크리고 엎드려 "철민아, 철민아" 하며 엉금엉금 기어서 어둠 속으로 간다. 엄청난 폭음 소리와 함께 무대가 대낮같이 밝아졌다가 어두워진다.

제4장

자막 - 해방 열차 안에서, 1945년 늦가을.

스크린에 2차 대전의 끝을 알리는 막바지 전쟁. 원폭이 투하된다. 일본 왕의 항복 선언이 투사되고 해방의 기쁨을 맞아 거리로 달려 나오는 사람들의 영상이 투사된다. 해방을 맞는 각종 역사적 영상 자료가 쏟아진다. 또한 배를 타고 인천과 부산으로 오는 귀국선과 그 안의 모습들이 투사된다. 그 위로 가요 '돌아오네, 돌아오네' 하는 〈귀국선〉의 선율이 흐른다.

긴 뱃고동 소리, 그리고 긴 열차 기적 소리 -
진구와 철민이 있다. 그 뒤로 승객들이 있다.

진구   압록강이다. 곧 신의주야. 철민아 신의주야.
철민   시끄럽다우. 나 깨우지 말라우.
진구   왜 그래. 고향 냄새가 나는데.
철민   만주땅 잊어버리고 싶어서 그래.
진구   그래…… .

사이.
승객들이 춤을 추듯이 들어오고 나간다. 많은 승객들이 사방에서

객실 의자를 밀고 들어와 앉는다. 순식간에 복잡한 열차 내부를 연출한다. 실내가 무척 추운지 승객들은 두꺼운 옷으로 몸을 잔뜩 감싸고 있다. 여기저기 웅크리고 앉아있거나 포개어 잠들어 있는 혼잡한 차내. 규칙적으로 울려 나는 열차바퀴의 덜컹 소리와 둔탁한 굉음들이 작아진 채로 계속해서 들려오고 있다.

철민　다음이 평양이야.

진구　나두 알아.

철민　(종이 쪽지를 주며) 여기 내 주소야. 팬지하라우. (애써 활기차게) 허, 기런 표정 짓디 말라우. 사람이 헤어지믄 영영 헤어지는 거인가?

진구　(풀이 죽어서) 내가 그동안 너무 못되게 굴었지……? 나이두 네 살이나 적은 놈이…….

철민　(툭 치며) 우린 생과 사를 같이 한 전우 아니가서! 괜찮아, 괜찮아.

진구　다시 소학교 선생 할 거지?

철민　아니. 난 소비에트로 가야지. 가서 사회주의 공부할 거야. 넌 어드렇게 살끼야?

진구　농사져야지, 난. (종이를 흔들며 망설이다) 그래, 꼭 편지할게.

철민　울지 말라우.

진구와 철민은 서로 마주보며 씁쓸하게 웃는다. 평양역. 철민과 진구가 내린다. 플랫폼에 서 있는 열차. 많은 사람들이 승강구를 바쁘

게 오르내리고 있다. 플랫폼에 내려선 진구와 철민은 말이 없다. 진구는 이유도 없이 괜히 주변을 휘둘러본다. 그리고 발장난을 하며 땅을 툭툭 찬다. 철민은 진구를 묵묵히 바라보기만 한다. 한참동안을 그렇게 서 있는 두 사람. 이미 플랫폼엔 한 사람도 남아 있지 않다. 출발을 알리는 기적소리가 울린다.

철민 꼭 펜지 하라우…… 진구 동무.

진구 (끄덕끄덕)

철민 자, 날래 올라가라우.

진구는 연실 고개만 끄덕일 뿐 전혀 움직일 생각을 하지 않는다. 기차가 서서히 출발하기 시작한다. 철민이 다급하게 소리친다.

철민 날래 타라우! 열차가 출발해서!

진구 너 먼저 가.

철민 (진구를 밀며) 날래 타라니까니!

진구 (뻐쩡대고 움직이지 않는다)

철민 (일부러 등을 보이고 걸으며) 자아. 나 가고 있잖아. 날래 타라우, 날래!

진구는 멀뚱히 철민의 등만을 바라보다가 몸을 홱 돌려 무대의 계단을 차고 오른다. 상단의 열차의 맨 끝 칸에 겨우 매달린다. 달리는 열차에 매달린 진구는 절망적으로 손을 흔들어 댄다. 철민의 모습은 보이질 않는데도 진구는 가련할 정도로 열심히 손을 흔든다.
서서히 진구의 손동작이 멈춘다. 달리는 열차에 한동안 그 자세로
서 있는 진구. 머리 위의 모자가 날아가 버린다.

제5장

자막 – 1946년 봄, 진구의 혼례식.

흥겨운 풍악소리 –
혼례복을 입은 순덕이 이전의 영상 속 그 모습 그대로 다소곳이 앉아 있는 모습이 보인다. 마을 사람들 수군거리며 덩실덩실 어깨춤을 추고 있다. 주례자가 손을 휘저으며 조용히 하라고 한다.

주례 (홀기를 읽으며) 교, 배, 례―서지석말, 무도부출, 서동부서, 서부종자옥지, 부선재배, 서답일배―. 아 이 사람들아 뭘 봐? 연습하는 거야.

옥이 곧 우리 진구 오빠가 나올 거예요.

주례 다음이? 부우재배―

옥이 신부는 저기 순덕 언니. 진구 오빤 별로 좋아하지 않아요. 맘씨 착한 순덕 언니를. 하지만, 고모 등살에 견딜 수 없지. 헤헤헤. 다시 또 아오지 탄광에 간다고 할까봐 고모가 서둘렀어요.

효숙 아오지?

옥이 네. 돈을 벌겠다고. 돈 벌어 땅을 사겠다고. 그 힘든 탄광에 갔죠. 그리고 전쟁터까지 끌려갔다가 기적적으로 살아서 돌아왔어요. 오빠는 참 멍청하고 대단해.

효숙 왜?

주례 자, 자, 신랑 준비 됐나?

옥이 돈과 생명을 함부로 바꾸려 하니까요.

진구가 초례청 동편 자리에 들어선다. 마을 아낙의 도움을 받아 신부 순덕이 백포를 밟고 나온다. 진구와 순덕은 초례상을 마주 보고 선다. 물에 각각 손을 씻고 수건으로 닦는다. 순덕이 먼저 두 번 절한다. 답례로 신랑이 한 번 절한다. 다시 순덕이 두 번 절한다. 진구가 답례로 한 번 절한다. 그 사이.

옥이 하지만 우리 진구 오빠는 착한 오빠. 나 때문에. 고모 때문에. 우리 집안 먹여 살리려 아오지에 갔어. 그럼 뭐해. 빚 갚고 나면 땡전 한 푼 없는 걸. 농사는 헛일. 지주 어른한테 다 바치고 나면 허탕. 에이 엿 같은 인생. 우리 오빠 입에 붙은 말. 호호호.

사이,

주례는 쉼 계속 홀기를 읽는다. 진구와 순덕은 각각 표주박에 담긴 술을 마시며, 혼례를 마친다. 예를 끝내고 신랑 신부가 돌아간다. 진구는 못마땅한 표정으로 성큼성큼 나가려다가, 옥이가 '오빠-' 하고 소리를 지르는 통에 선다. 옥이가 혀를 쑥 내밀며 놀린다. 진구가 주먹을 쥐고 한 걸음 나서다 말고 움찔 선다. 그러다 효숙을 발견한다. 멍하니 효숙을 본다.

옥이 아, 여기, 우리 선생님.

효숙 안녕하세요.

옥이 순덕 언니보다 예쁘지롱. 메롱─어머머, 그만 쳐다 봐.
선생님 얼굴 다 닳겠네. 얼른 공부하러 가요, 선생님.

옥이는 효숙의 손을 잡아끈다. 효숙은 가볍게 목례를 하고 돌아나
간다. 그때까지 진구는 멍하니 효숙을 바라본다.
사이.
효숙은 가다가 말고 뒤돌아본다. 진구는 붉어진 얼굴로 그녀의 시
선을 피하며 두근거리는 가슴을 붙잡는다.

진구 (노래) 저 눈빛, 저 표정, 어디선가 아주 많이 본 듯한 얼굴
이야.
우린 어디선가 만난 적이 있어. 언제일까. 어디에서였을
까.
기억이 안 나. 꿈속에서였을까. 지금 내가 꿈을 꾸고 있
는 걸까.
아, 그녀를 처음 본 순간, 나는 알았네.
사랑은 전쟁보다 위험한 운명이라는 것을.
아, 그녀를 처음 본 순간, 나는 느꼈네.
그녀 없이 단 하루도 살 수 없다는 것을.

간주가 흐르는 사이, 진구는 신방에 들어간다. 진구와 순덕의 모습

은 실루엣으로 보인다. 동네 남정네들이 하나둘 나타나 신방을 들여다보려 한다.

사이.

진구는 순덕의 족두리를 풀려고 한다.

사이.

그 행위를 멈춘다. 갑자기 문을 열고 뛰쳐나온다. 아무 데고 미친 듯이 달린다. 친구들 일제히 진구를 쫓는다.

진구   눈 감으면 그녀 얼굴 자꾸 생각 나. 안녕하세요, 딱 한 마디 내게 건넸지. 길을 걷다, 딱 한 번 눈길 건넸지. 아, 나는 미쳐버렸어, 그녀를 처음 본 순간―

친구1, 2   그녀? 다른 여자? 누구? 그게 누구? 경성 여자?

진구   가슴이 터져 죽을 것만 같았어. 소문에 듣던 경성 여자, 처음 본 순간. 하늘에서 내려온 선녀인 줄 알았어. 처음 본 순간. 아, 나는 미쳐 버렸어, 그녀를 처음 본 순간―.

친구2   얼씨구? 넌 이미 결혼했잖아.

진구   그게 무슨 상관이야? 난 초야도 치루지 않았는걸.

친구1   얼씨구? 돌았구나. 네가 그 여자를 감당해? 경성 여자를?

진구   그럼, 우린 이미 만난 적이 있어. 참말이야.

친구2   얼씨구? 어디에서? 꿈속에서?

진구   기억이 안 나. 하지만 어디에선가.

친구1   너 정말 그 여자가 누군지 몰라?

진구   몰라. 가르쳐 줘. 어떤 여자인지. 귀신이라도 좋아. 알고 나면 그 여자를 더 사랑하게 될 거야.

친구2   등신아, 그 여잔 여기 지주도 꼼짝 못하는 경성에서도 아주 큰 대궐집 외동딸이야!! 이 사실을 알면 아마 너를 마을서 내쫓으려 할 거야.

진구   상관없어!

친구1   앞 못 보는 너의 노모, 다리 저는 너의 외삼촌. 너를 평생 원망하며 살 거야.

위 노래와 대사가 진행되는 사이에, 무대는 한낮의 지주 저택으로 바뀐다. 효숙이 동네 아이들을 불러 모아 마당에 평상을 차려놓고 아이들을 가르치고 있다. 작은 칠판에 '가나다라' 한글이 적혀 있다. 효숙이 '아버지, 어머니, 오빠, 언니, 동생' 등 불러주면, 아이들은 열심히 받아쓴다.
사이.
담벼락 뒤에 서 있는 높은 감나무. 진구는 그 감나무로 올라가기 시작한다. 친구들이 답답해하며 내려오라고 한다.

친구2   그러니 제발 잊어 버려. 그 여자를 사랑하는 건 위험해. 네가 가진 모든 것을 잃게 될 거야. 하긴 가진 것도 없지 만.

진구   모든 사랑은 위험해. 위험해야 진짜 사랑이지.

친구1   얼씨구? 너 정말 홀까닥 뒤집어졌구나!!

진구   쉿.

친구2 　사랑에 미치면 지 애비도 몰라본다는 말, 헛소리인 줄 알았더니 미친놈이 저기 있네.

친구1 　제 색시를 팽개치고 불속으로 뛰어드네. 야, 얼른 내려 와. 지주어른 볼까 무섭다.

친구들 진구가 걱정되어 감나무로 같이 올라간다. 이들은 이층무대 에서 내려다보고 있다.

진구 　쉿! 너희들은 몰라. 진짜 사랑이 무엇인지. 너희들은 몰라. 진짜 행복이 무엇인지.

옥이 　선생님, 다 썼어요.

효숙 　어디 보자. 어마, 다 맞았네? 우리 옥이 정말 잘하네? 천 재인가 봐.

진구 　쉬, 들어 봐. 그녀가 입을 열면 아름다운 노래가 되고. 오, 저길 봐, 그녀가 미소 지으면 세상 근심 다 사라져.

효숙 　선생님이, 상을 줄게요.

진구 　미쳐도 좋아. 그녀가 나를 향해 웃어준다면. 죽어도 좋 아. 그녀가 내게 말을 붙여온다면.

효숙 　자, 내가 좋아하는 소설책.

옥이 　상, 록, 수? 심훈?

효숙 　그래, 작가 심훈 선생님이 쓴 상록수.

옥이 　아이고, 글씨가 개미 새끼들 같아.

효숙 　호호호. 다 쓴 학생들 빨리 빨리 가져와.

진구	어어어!!! (노래 끝 무렵, 실족하며 감나무에 거꾸로 매달린다)
진구	으악—
효숙	어머나!
옥이	오빠!

친구들은 황급히 나뭇잎으로 얼굴을 가리고 숨는다. 진구 혼자 대롱대롱 매달려 있다.

진구　치, 친구들과 내, 내기 했어. 누가 나무에 오래 매달리나. (하다가 바닥으로 추락한다)

동네아이들은 마당까지 나와 옥이를 놀리고 있고, 옥이는 씩씩대며 친구들을 걷어차려 쫓아간다. 그 사이 진구는 땅바닥에 떨어져 민망한 표정으로 효숙을 본다. 효숙 웃는다.

효숙　자, 얘들아, 모두 잘 했어. 오늘 수업 끝! 내일도 이 시간에 와!

효숙과 아이들 퇴장하고, 옥이가 거친 숨을 몰아쉬며, 진구를 윽박지른다. 진구가 주머니에서 편지를 꺼낸다.

제6장

자막 - 가족과의 이별. 1946년 여름.

진구는 킬킬거리며 처마 밑에서 옥이에게 편지를 내민다.

옥이　　지금 한창 중요한 거 배우는 중인데.

진구　　(편지를 옥이 앞으로 내민다) 철민이 편지. 좀 자세히 읽어봐. 난 대충 밖에 못 읽겠어.

옥이　　그래서 여기까지 온 거야? 치이 집에 돌아가면 어련히 읽어줄 텐데. 오빠는 성질이 급한 게 흠이라니깐. (읽는다) "나의 동무, 진구 보아라, 보내 준 편지는 잘 받았다."

철민　　(이층 상단무대. 소련 땅이다) 오마니가 건강하시다니 다행이다. 내래 모스크바에 있었다고 얘기 했었디. 지금은 블라디보스토크이다. 함경도 북쪽 너머에 있는 소련 땅이다. 여기에서 공학을 공부하고 있다. 졸업하는 대로 대학교나 연구소로 나갈 생각이다. 아, 내게 소개시켜 준다던 옥이란 사촌동생은 잘 있는지 궁금하구나. 사진이라도 한 장 보내라.

진구　　이것 봐!! 옥이 너를 보고 싶어 하잖아.

옥이　　오빠나 실컷 보라 그래. 난 나이 많은 남자 별로 관심이 없으니까. (한 장을 넘기다가) 어머, 사진이 붙어 있네?

29

진구 잘 생겼지? 어때? 어때?

옥이 음. 내 대답을 원해? 진짜 내 대답을 원해? 내 마음 소리를 듣기를 원한다는 거야? 야, 아, 답장 쓸 때에 거기 써 줄게.

사이.
옥이 도망친다. 진구 쫓아간다. 비가 온다. 진구 얼른 옷을 벗어서 옥이에게 씌워준다.

무대 영상에서는 폭우가 거세다. 번쩍이는 번개를 동반한 억수같은 비. 강풍으로 휘몰아치는 비바람에 나무들이 우지끈 뽑히기 시작한다. 넘쳐나기 시작한 논. 벼들이 점점 물에 잠겨 간다. 진구와 외삼촌을 포함한 마을의 장정들이 열심히 뛰어다니며 물꼬를 막으려 하지만 이미 아무런 소용이 없다. 모두들 허탈한 표정으로 묵묵히 넘치는 논을 바라본다. 비바람은 인정도 없이 그들을 강타한다.

쨍쨍거리는 태양. 논을 가득 덮었던 물이 순식간에 빠져나가고 증발되기 시작한다. 영글어가던 벼 포기는 어느새 말라 비틀어지고 논바닥은 거북 등껍질처럼 쩍쩍 갈라진다.
진구의 집. 호롱불이 흔들거리고 있다. 진구의 어머니와 외삼촌이 침통한 표정으로 한숨을 푹푹 내쉬고 있다. 무슨 큰 고민이 있는 듯 보인다. 한참 후에 어머니가 말을 꺼낸다.

진구母   (해소기침을 하며) 그럼, 이 일을 어쩌란 말이여, 응? 아니, 물난리 난 지가 언제라고 그 넘쳐나던 것들 다 어디로 세월마냥 흘러가버리고 이젠 논바닥이란 논바닥은 죄다 내 이 손바닥마냥 쩍쩍 갈라져버렸는데. 애당초 수확량을 달라는 게 말이나 되는 소리여?

외삼촌   땅이야 지주어른 꺼니까유…… 그런데 옥이는 왜 그렇게 탐내는지…….

진구母   옥이는 안돼. 천하에 흉한 놈 같으니라구! (하는데 옥이의 고함소리)

옥이   (절망적으로) 아부지, 고모, 빨랑 나와 봐유! 진구오빠가 지주어른을 죽이려 하고 있어유! 아부지, 아부지!

사이.

진구의 집 식구들이 헐레벌떡 퇴장하고, 무대 일각 지주 집 마당, 진구가 낫을 들고 흥분하여 소리를 지르고 있다. 그러나 땅땅하게 생긴 지주는 전혀 동요하지 않고 오히려 진구의 약을 살살 올리며 웃음만 날릴 뿐이다.

진구   당신이 인간이에요! 우린 무얼 먹고 사나요. 우린 굶어 죽으란 말인가요! 일 년만 참아주시면 되잖아요!! 제발, 제발…….

지주   요런 후레자식 같으니라구! 어른 앞에서 낫자루를 들고! 그래, 날 죽일 테야? 죽일 거냐! 어디 네 맘대로 해봐! (진구가 주저주저한다. 기고만장하여) 옥이가 내게 시집오는 게 무슨 변고냐. 내 마누라들은 다 저승 먼저 갔고 자식들이야 얼마 안 되고. 옥이가 내게 오면 그 아이 팔자는 피는 거여! 활짝 피는 겨. 너희도 떵떵거리며 사는 거여!

그 소리에 진구의 낫을 쥔 손이 부들부들 떨리며 눈동자는 뒤집어진다. 한걸음씩 지주에게 다가선다. 거드름을 떨며 살살거리던 지주는 순식간에 공포를 느끼며 뒷걸음질친다.

지주   야, 이눔아! 뭐하려는 거여……! 왜, 왜, 왜 그래. 니 말을 들어줄게, 제발 낫을 내려 놔…….

외삼촌   (허겁지겁 달려온다) 진구야, 이눔아!! 삼촌 말 들어. 그걸 휘두르면 안 된다. 내려 놔. 제발 내려 놔!!!

진구는 오랫동안 동상처럼 서 있다가. 낫을 내려놓고 무릎을 꿇고 흐느끼기 시작한다. 이때다 싶어 지주가 악을 쓰며 달려들어 낫을 발로 밀치고는 진구의 뺨을 갈기기 시작한다.

지주   이눔이 전쟁터에 갔다 오더니 눈에 뵈는 게 없어. 네놈이 사람을 얼마나 죽였기에 살기가 등등하냐. 너도 네 아비처럼 인생 막장으로 살다가 농약 먹고 자살하고 싶으냐?

외삼촌   지주어른 한 번만 용서해주십시오. 저희가 죽을죄를 졌습니다.

지주 옥이 아범 보았는가? 이게 이른바 살인미수라는 거여. (진구 멱살 붙잡고 뺨을 때리며) 함부로 낫을 휘두르다니. 휘둘렀으면 손가락이라도 베어야지. 덩치만 요란했지 사내다운 용기도 없는 놈이 어딜. 이놈이 내 눈 앞에 한 번만 더 나타나면 그때는 당신들 모두 다 이 마을을 떠나. 옥이도 내게 보낼 것인지 내일까지 결정해. 내가 옥이 때문에 참는 거여. 이놈 어서 챙겨 가.

진구 이 개만도 못한 인간아!!!

달려들어 지주를 붙잡아 밀어 자빠뜨린다. 주변에서 말릴 새가 없다. 올라타서 한 대 때리려는데 이상하게도 지주가 저항을 하지 않는다. 지주의 머리에서 피가 흐른다.

진구 피, 피다. 피야. 삼촌, 피, 피.

외삼촌 지주 어른, 지주 어른!!

지주 (사이. 기절했다 깨어났다 다시 기절했다 반복하며 과장되게) 저, 저 놈이 나를, 세상에, 옥이 아범, 의원, 의원을 불러주게. 뒷머리가 축축하니 피가 많이 나는가? 그럼 나 죽는다. 오매, 피가 폭포처럼 흐르는구먼. 닭을 잡아도 이만큼 나오지 않겠네. 아이고 나 죽네. 오매, 죽은 엄니가 보이네. 나 죽네. 이게 피가 맞는가? 맞네. 나 죽네. (다시 죽은 듯 쓰러진다)

외삼촌 다행이야. 죽지는 않았어. 어서 피해라. 진구야. 진구야.

진구 나, 나, 난 북쪽으로 갈래요.

외삼촌 평양 친구한테 말이냐? 안돼. 거긴 멀어. 잘못하면 영영 못 만날지도 모르잖아!

효숙 (옥이와 함께 허겁지겁 등장) 내가 아는 곳이 있어요. 괜찮다면 그리로 피하세요. 지리산 자락인데 거창과 산청 중간에 있어. 거기 영남과수원이라고 하면 금세 찾을 겁니다. 백부님 댁인데 여기 주소, 그 뒤에 내가 몇 자 적었어요. 자 이걸 가져가요. (공포에 떠는 진구를 보다가) 아냐. 내가 같이 가는 게 낫겠어. (급히, 자신의 방으로 가서 짐을 챙기기 시작한다)

진구 (흐느끼며) 죽은 아버지도 그렇고, 외삼촌도 똑같아요. 평생 일해도 자기 땅 한 평도 없고 지지리도 한심해요. 도망가느니 난 지금 그냥 콱 죽어버리는 게 낫겠어요.

외삼촌 그러기에 왜 네가 나서서 일을 만들고 그래!! 정신 차리고 어여 일어나 이놈아. (진구를 일으켜 세우다가 자빠진다) 어여 선생님 말대로 해. 내일 아침이면 순사들이 들이닥칠 테니. 자아, 진구야. 이놈아, 정신 차려. 얼른 선생님을 따라서 가. 궁금하다고 해서 절대로 오면 안돼. 알겠느냐. 거기 잘 숨어 있다가 사태가 수습되면 옥이를 보낼 테니 그때 올라와라.

옥이 딴 데 가지 말고 꼭 거기 있어 오빠! 응?

순덕 (짐을 챙겨 나오며) 나도 같이 가요.

외삼촌 순덕이 자네는 이 사건에 아무 관계없어. 뭘 따라나서는 거여? 진구 제 한 몸도 건사하기 힘든데 어딜 따라 나선다는 거여!!

순덕 내가 따라가야지요. 누가 진구 씨를 돌봐요.

외삼촌 어머니는 어떡하고. 네가 가면 어머니는 누가 돌보나!!

진구 나 없는 동안에 울 엄마나 잘 모셔. 그게 자네를 업어 키워준 엄니에 대한 사랑이고 효도여.

순덕 하지만 내 신랑인데.

옥이 언니 영영 헤어지는 게 아니야. 나중에 나랑 같이 가.

순덕 뭐니 뭐니 해도 건강해야 하니 이것저것 잘 챙겨 드세요.

효숙 (짐을 챙겨 나와) 옥이 네가 이 주소를 갖고 있어. 혹여 무슨 일이 생기면 당장 그리로 와. 알겠지?

옥이 네. 선생님. 고맙습니다.

효숙 얼른 가요.

순덕 선생님 우리 남편 잘 부탁해요.

효숙 걱정 말아요. 순덕 씨. 자, 가요.

진구와 효숙이 허겁지겁 달려간다. 가족들은 아직도 먼 길 손을 흔든다. 어머니가 뒤늦게 나타나서 허공에 허우적대며 소리를 지른다.

진구母 (흥분하여 소리친다) 안돼! 가긴 어디 간다는 거여! 오자마자 어딜 간다는 거여. 야, 이눔아 차라리 전쟁터에서 죽

어버리지 여긴 왜 왔어! 같이 살지도 못할 거 왜 다시 왔
난 말이여! 아이고 내 팔자야.

순덕   (멀리 떠나는 두 사람을 향해 소리친다) 어머니는 내가 있으니까
걱정 말고 얼른 가요!!! 아 돌아보지 말고, 아, 멈춰 서지
말고 계속 가요. 아유, 내가 더 답답하네. 아유, 저러다가
날 밝겠네. (소리 높여 '나그네 설움'을 부른다) 오늘도 걷는다
마는 정처 없는 이 발길……

진구母   이년아 지금 노래가 나오냐!!! 이렇게 헤어지면 다시는
못 만나는 거여!!!

순덕   어머니 곧 다시 만나게 될 거예요. 근데 눈물이 나네. (소
리 내서 울며 노래) 오늘도 걷는다마는 정처 없는 이 발길.
지나온…….

늙은진구   내 가슴은 두근거렸지. 사랑하는 사람과 떠난다는 기쁨
에.

유빈   그렇게 영남과수원에 가게 되신 거죠?

늙은 진구   나는 그녀를 통해 세상사 많은 것을 알게 됐지. 그러나
그녀에게 다가갈수록 지독한 곤경에 빠지곤 했어. 공산
주의자가 되고, 빨갱이가 되고…….

제7장

자막 - 사랑과 이별, 1947년 여름.

진구, 영남과수원에서 과일 상자를 들고 부지런히 옮기고 있다.

이씨 그래 할만해?

진구 이제 일 년도 안 된 걸요…….

이씨 부지런히 배워두라구! 장차 이 과수원의 주인이 될 지도 모르니까!

진구 (놀라서 멈춰 선다) 네?

이씨 아, 주인나리 조카따님이 그렇게 극성으로 좋아하는 데…….

진구 원, 별 말씀을…….

이씨 이 녀석아, 효숙 아씨 주말마다 내려오고 또 방학이면 너를 가르친다고 눌러앉아, 딱 붙어서…… 공자 왈, 맹자 왈, 그러니 필시 너를 좋아하는 거야.

진구 그래도 사는 게 서로 다른데…….

이씨 이눔아! 지금이 어디 조선시대냐? 니가 어디가 어때서! 착하겠다, 건강하겠다, 성실하겠다…….

과수원 청년 (자전거를 타고 빙빙 돈다) 아저씨 아저씨.

이씨 넌 또 어딜 놀러 갔다 오는 거냐.

과수원 청년 효숙 아가씨가 오셨다길래 모시러 갑니다. 요즘 너무 자
　　　　　　주 오시네. 날 좋아하나봐.

이씨　　　얼씨구, 빨리 다녀와서 저거나 옮겨 이놈아. 게으른 놈이
　　　　　　잔머리나 굴리고.

　　　　　　청년, 자전거를 타고 다시 무대 한 바퀴 돌면, 짐칸에 짐이 들려 있
　　　　　　다. 그 짐을 내려 집안으로 옮긴다. 효숙과 그녀의 친구1,2가 등장
　　　　　　한다.

효숙　　　안녕하세요, 아저씨.

이씨　　　어서 오세요, 아가씨. 손가방도 제게 주세요.

효숙친구1 우와 여기가 다 너희 땅이야?

효숙친구2 어머, 고맙습니다.

　　　　　　효숙과 진구가 떨어져서 바라본다. 과수원 이씨는 눈치를 보고 슬
　　　　　　그머니 자리를 피해준다.

　　　　　　사이.
　　　　　　황혼녘, 산마루의 하늘이 붉게 물들어 있다. 개울가에 앉아 물속에
　　　　　　작은 돌멩이를 던지며 즐거워하는 진구와 효숙이다. 서로의 작고
　　　　　　소소한 행동에도 마냥 행복한 두 사람.
　　　　　　그 옆 개울 한 편에서는 과수원 청년과 효숙의 친구들이 놀고 있다.

진구 (돌멩이 장난을 하며) 서울 올라가야지요. 벌써 열흘도 넘었는데…….

효숙 진구 씨가 가라 하면 갈게요. 지금이라도 당장. 가요?

진구 (쳐다보다가) 아버지한테 혼날 텐데. 공부 안 하고 만날 놀기만 한다구…….

효숙 (웃으며) 우리 아버지 새로운 나라를 세우시느라 정신없어요. 이 나라를 계급 차별이 없는 나라로 새롭게 건설하려는 거죠. 이승만과는 다른 노선이죠. 코뮤니스트. 공산주의자.

진구 공산주의자?

효숙 (벌떡 일어나) 지금까지의 모든 사회의 역사는 계급투쟁의 역사이다!! 프롤레타리아들은 공산주의 혁명에서 족쇄 말고는 잃을 것이 아무것도 없다. 만국의 프롤레타리아여, 단결하라! 쳇, 뜻이야 그럴 듯하지만 그런 세상이 오겠어요? 다 망상이지. 그래 뭐, 나도 망상 중이니까.

진구 (일어난다. 기분이 좋지 않다) 무슨 말인지. 난 배우지 못해서.

동시에, 친구들과 청년이 한 쪽 구석에서 깔깔대며 놀고 있다

효숙친구1 정말이요? 호랑이를요?

청년 그럼요. 소는 그래요. 주인이 믿어주면 호랑이랑도 싸워 이겨요. 남자도 그렇고요. 여자가 믿어주면 남자는 세상과도 싸워 이겨요.

효숙친구1 어머, 말을 정말 재밌게 하신다. 그치?

효숙친구2 뭐 별로.

효숙친구1 계집애 새침 떨기는, 어머 뱀이다!!

청년 어디, 어, 뱀이다!

효숙친구2 (청년 옆으로 가 팔짱 끼며) 엄마야!

청년 뱀이다. 뱀이야 (작대기로 뱀을 잡는다)

청년 뱀을 들고 효숙 친구들을 향해 달려간다. 친구들은 비명을 지르며 도망쳐 사라진다.

그것을 멀리서 바라보는 효숙과 진구. 무대 위에는 둘밖에 없다. 저녁놀이 짙다.

효숙 나랑 같이 갈래요? 서울로.

진구 싫어요. 내가 거기 가서 무슨 일을 하겠어요. 농사밖에 할 줄 모르는데.

효숙 가난한 자에게 기쁨을 주는 것은 공부밖에 없어요. 공부를 해서 집안을 일으켜야죠.

진구 난 머리가 나빠요.

효숙 천만에. 똑똑해요. 벌써 한글을 다 뗐어요. 웬만한 한문도. 수리도 잘하고. 그러니 공부를 해요.

진구 공부요.

효숙 노력하지 않는 인생은 이미 패배한 인생이죠. 해방도 되었고, 세상은 엄청나게 변하고 있어요. 농사만을 짓기에는 아까운 인생. 더 큰 꿈을 가져야죠. 꿈이 뭐죠?

진구 꿈. 꿈. 돈. 돈을 많이 벌어야죠. 그리고 땅을 사야죠. 남자는 땅이 있어야 해요.

효숙 좋아요. 돈을 벌어 땅을 사고, 또 땅을 사고. 그 위에 대궐 같은 집을, 아니 높은 빌딩을 올리고.

진구 빌딩이요?

효숙 위로 올라가는 집. 5층, 10층, 20층. 그러니까 공부를 하세요. 꿈을 이루는 데에는 공부만한 지름길이 없어요. 자, 말이 나온 김에 짐을 싸요.

진구 하지만 서울에 올라간 사이에 우리 가족들이 올지 몰라요.

효숙 여기 편지를 남겨놓고 가면 돼요. 가기 싫어요? 여기에서 평생 과일을 따며 땅에 붙어 지내던지. 아님 야망을 갖고 더 큰 세상을 보던지. 선택해요. 어느 것이든 나와는 상관없어요. 당신 꿈이니까.

진구 나를 끝까지 보호해 줄 수 있나요?

효숙 하하하, 보호라니요. 함께 있는 거지요. 인연과 운명은 바람과 같아서 언제 어떻게 달라질지 몰라요. 물론 지금은 제가 당신을 가르치고 또 보호해 드리지만 훗날엔 당신이 날 보호해 줄 수 있을 겁니다.

진구 설마. 그런 날이.

효숙 난 벌써 그걸 느껴요. 확신한다고요.

진구 진짜 그럴 날이 올까요?

효숙   (진구의 손을 잡아 그의 가슴에 대며) 뛰죠? 무슨 뜻인 줄 알아요? 내 가슴도 뛰고, 진구 씨 가슴도 뛰고. 내 손도 두 개 그대 손도 두 개. 우리 모두가 평등해요. 그 평등한 하늘 아래에서 우리의 꿈도 젊음도 사랑도 자라죠. (진구의 손을 자신의 심장으로 당겨 얹으며) 느껴지죠?

진구   사랑이요?

효숙   어머, 얼굴이 빨개졌어요. 가슴이 마구 뛰네요. 날 사랑하나 봐. 호호호. 사랑은 죄가 아니지요.

효숙, 재빨리 진구와 입을 맞추고는 집안으로 달려 들어간다. 진구 멍하니 있다가 달려 들어간다.

그 사이. 효숙 친구들과 뱀을 든 청년이 계곡을 지나, 온 무대를 휘젓고 다닌다.

사이.
진구의 방. 진구와 서로 효숙이 껴안고 애무하고 있다. 그러다가 이내 효숙이 사라진다. 진구의 꿈이다. 순덕이 나타나 진구가 자는 방으로 들어가 앉는다. 효숙인 줄 알고 진구는 꿈결에 순덕을 더듬으며 헛소리를 한다.

진구   효숙 아씨, 효숙 아씨. (하다가 잠에서 깬다. 순덕을 보고 놀란다)

순덕   꿈을 꾸었나 봐요. 잠꼬대를 심하게 하시던데.

진구	꿈을 꾸었지. 큰 세상을 갖는 꿈. 남자는 공부를 해야 해.
순덕	무슨 돈으로 공부를 해.
진구	나 서울 가. 난 다시 태어나는 거야.
순덕	별안간? 서울? 왜? 왜 다시 태어나?
진구	그건 네가 알 필요 없어. 설명을 해 줘도 모를 걸? 지구가 태양을 도는 까닭을 설명할 수가 있어? 해와 달이 왜 밤과 낮을 서로 갈라먹는지 알 수가 있어? 내가 서울 가는 까닭은 그만큼이나 어려운 거야. 그러니 넌 말해줘도 몰라.
순덕	여자는 알아.
진구	뭘.
순덕	남자가 말이 많아지면 다른 꿍꿍이가 있다는 거.
진구	그래 날 욕해도 좋아, 하지만 네가 글을 알아? 세상이 왜 가난하고 슬픈 사람들이 많은 줄 알아? 난 희망을 찾으려는 거야. 가난하고 슬픈 사람들을 해방시키려고.
순덕	해방은 무슨. 그건 헛바람이야. 헛꿈이야. 잡을 수 없는 바람을 붙잡으려 몸부림치다니 원. 세상에 그런 바보는 없어. 바보 아저씨야 가려면 가요.
진구	돌아가. 당장.
순덕	엄마가 보고 싶지 않아?
진구	서울 다녀와서 내려간다고 전해 줘.
순덕	이거 받아. 이사 가는 곳 주소.
진구	이사?

순덕 우린 고향을 떠나서 더 남쪽으로 내려가. 어머니와 난 거기에서 기다릴 테니. 더 큰 세상을 보고 와. 다녀와서 말해 줘. 그 바람이 어디에 머물다 왔는지.

진구는 도망치듯이 떠나고 순덕은 빈방에서 한참을 운다. 무대 어두워진다.

동시에, 상단 꼭대기, 머리와 등과 지게에 온갖 짐을 싣고 가족들이 나타나 내려온다. 먼 길 떠나는 가족들이다.

외삼촌 자자, 다 실었으면 떠나자고. 옥아 그건 가져갈 필요가 없어.

옥이 이제 가면 언제 오나. 친구들아 안녕.

외삼촌 슬퍼할 거 없어. 원래 앞장서서 떠나는 사람이 용자여. 남는 사람은 용기가 없어 떠나지 못하는 겨. 우리는 용기가 있는 겨.

옥이 아녀. 돈이 없어 떠나는 겨. 땅이 없어 쫓겨나는 겨.

외삼촌 이년아, 우리가 걷는 길이 다 내 땅이고 새 땅이여. 새로운 땅에서 새로운 인생을 시작하는 겨. 그게 본래 우리의 인간이라는 존재가 사는 법인 겨. 옥이 너 바다 본 적이 있냐? 아부지가 바다를 구경시켜 주마.

옥이 바다. 바다.

외삼촌 물이 가득 모인 곳이여. 하늘과 물이 만나는 곳이여. 그

기로 갈매기가 날아댕겨. 볼만하겠지? 아따, 누님 빨랑 움직여유.

진구母 좀 천천히 가. 순덕이가 내려 와야지. 왜 이리 굼뜨냐. 순덕아, 순덕아.

순덕 내려 가유!

진구母 아야, 순덕아, 영남과수원 얘기 다시 말해 봐라.

순덕 거기 과수원 아저씨가 나를 보더니 깜짝 놀라더라고유.

진구母 왜? 이뻐서?

순덕 그이가 총각인 줄 알았나 봐요.

진구母 미친 놈, 엄연히 지어미가 있건만, 하여튼 사내놈들은 밖에 나가면 죄다 총각행세를 하지. (하며 외삼촌을 때린다)

외삼촌 아, 왜 나를 때려요!

진구母 니 죄를 몰러? 도적 같은 놈아. 살은 빠지지 않고?

순덕 건강해 보였어요. 꿈을 꾸고 있었죠.

진구母 다행이다.

순덕 과수원 아저씨가 자주 오라고 하시더라고요. 멀리 있으면 그만큼 마음도 멀어지는 거래요.

옥이 하지만 우리는 더 멀리 가는 걸. 바다가 있는 곳으로. 언니 차라리 거기 과수원 콱 눌러 살지.

순덕 자꾸 가라고 떠밀어서. 오빠가 힘이 세잖아.

외삼촌 자, 자, 갑시다. 길을 떠납시다. 낙동강 길을 따라 바다로 갑니다.

옥이 가자, 바다로. 밟는 게 다 내 땅이다!

외삼촌　　이 풍진 세상을 만났으니, 너의 소원이 무엇이냐⋯⋯.

외삼촌 선창으로 가족들은 경쾌하게 노래 부르며 먼 길을 떠나는
사이에–
진구가 가방 보따리와 전보, 편지 뭉치를 들고 나온다. 몹시 화가
나 있다.

진구　　왜 내 사람은 모두 떠나는 거야. 왜 내 사랑은 모두 떠나
는 거야.

청년　　(달려 나오며) 진구야, 흥분할 일이 아니다. 아저씨가 널 얼
마나 좋아하는지 알잖아.

진구　　다가오지 마. 어떤 말도 내겐 들리지 않아. 아저씬 다 알
고 계셨어. 이건 한 달 전에 내게 온 전보문. 급 상경 요.
얼른 올라와 달라는 뜻이야.

이씨　　진구야. 주인나리가 신신당부한 것이야. 너를 위해. 이미
그 집 식구들은 이북으로 떠났을 거야. 여기 주인나리가
여러 차례 말씀하셨지. 내 동생 강, 은, 석 이놈 괴상한
놈이라고. 동경유학 다녀온 뒤로 이상한 사상에 빠졌다
고. 그래서 효숙 아씨 뒤꽁무니 쫓아다니는 너를 보호하
라고, 단단히 감시하라고 당부했다고. 그러니 잊어버려.

진구　　이걸, 이걸 왜 감춰두신 거죠! 문제가 생겼으니 빨리
와달라는 전보란 말예요!!! 서울로 가봐야겠어요 지금
당장!

이씨	진구야.
진구	왜요!!!
이씨	여비여, 헌데 가봐야 없을 거여. 서울 가서 구경이나 하고 기분이나 풀고 와. 주인나리에게는 절대 비밀이여. 잠시 고향 갔다고 할게.
진구	(한참을 쳐다보다가) 에이. (하며 달려 나간다)

제8장

자막 - 밟을 수 없는 땅, 1947년 가을.

두리번거리는 진구 앞에서 젊은 청년들끼리 싸움을 벌이고 있다. 싸움이라기보다는 폭행이라는 말이 어울릴 정도로 한 청년이 집단 구타를 당하고 있다. 한눈에 살벌함을 느낀다. 진구는 조심스레 스쳐 지나려 한다.

진구　서울은 온통 전쟁터 같아. 저마다 새로운 나라를 세운다고 난리법석. 김구가 오고, 이승만도 오고, 젊은 청년들끼리 싸움을 하고. 대체 왜들 이러는 걸까? 누구를 위해 이러는 걸까?

그러나 일방적으로 터지는 청년이 안쓰러운지 슬슬 다가가 뜯어말린다.

진구　싸우지 마세요.
좌익청년1　넌 뭐야! 뒈지고 싶지 않으면 그냥 가.
좌익청년2　꺼지라고. 안 꺼질래!

그들의 주먹질에 나가떨어지는 진구. "왜 그래" "어떤 개새끼야!"

하며 오히려 진구에게 웅성웅성 다가선다. 위기의 순간– 그러나 바로 그때 반대편 골목에서 "저 새끼들이야." 하는 소리가 들리는듯 하더니 순식간에 또 한패거리의 청년들이 각목과 쇠파이프를 휘두르며 달려온다. 진구를 위협하던 좌익청년들 혼비백산 사라진다. "죽여라." 고함지르며 쫓아가는 우익청년 무리들. 진구는 안도의 한숨을 쉬며 만신창이가 되어 쓰러져 있는 청년에게로 간다. 가방에서 수건을 꺼내 피를 닦아준다.

진구	이봐요. 괜찮아요?
우익청년1	(다 죽어가는 소리로) 정말 고맙습니다. 절 구해주셨어요. 고맙습니다.
우익청년2	(달려와서 동료를 부축하며) 당신은 누구요. 저들과 한패거리요?
진구	(갑작스런 질문에 당황해서 멀리 떨어지고) 아닙니다. 지나가는 사람입니다. 큰일 날 뻔했어요. 얼른 병원으로 옮기셔야.
우익청년3	(날카롭게) 용무가 덜 끝났소!
진구	(갑작스런 질문에 당황해서) 아, 아닙니다.
우익청년3	그럼 가시오. 내 동지를 구해주어 고맙소.
진구	난 그저 집을 찾고 있는 중이었는데. 친구 분이 여기서 당하고 있어서 구해주려고.
우익청년3	집? 무슨 집!
진구	제가 시골에서 올라와서, 여기 주소가 있는데.
우익청년3	어디 봅시다. 신세를 갚아야지. 우리가 찾아드리겠소. 이

런. 바로 이 집이오. 운이 좋습니다. 코앞에 두고. 하하. (하다가 갑자기 진구 얼굴에 침을 뱉는다) 강. 은. 석? 퉤! 그렇겠지. 이 골목은 온통 빨갱이들 투성이니까!

진구 (분노가 치솟는다) 아니 이 사람들이.

우익청년3 죽여 버리기 전에 빨리 꺼져 이 개새끼야!

우익청년3의 고함소리에 각목, 쇠파이프를 든 청년들이 달려와 진구를 급히 에워싼다. 진구는 겁에 질려 얼굴에 붙은 침을 손등으로 닦아내며 슬슬 뒷걸음질친다. 청년들이 순식간에 사라진다. 가로등 아래 진구 홀로 허망한 표정이다.

진구 대체 이 사람들은 누구일까? 무엇을 위해 이러는 걸까? 여기가 거기. 계십니까.

여인 (대문을 열고) 누구시죠?

진구 강은석 씨 댁이지요? 저는 거창 영남과수원에서 온 진구라고 합니다.

여인 이 집 식구들 모두 이사 갔는데요.

진구 어디로요?

여인 글쎄 모두 같이 평양으로 간다던데.

진구 평양. 그럼 혹시 그 주소라도.

여인 난 몰라요. 나도 부탁받고 빈집을 잠시 지켜주는 것뿐이니까. (문을 닫는다)

진구 어디로 가나. 고향으로 갈 수 없는 도망자 신세. 아아, 어디로 가나. 다시 과수원으로 돌아갈까. (불현듯 생각났다) 평양? 아, 친구가 있지. 내게도 친구가 있어. (노래를 흥얼거리며) 조국의 부르심을 너는 아느냐. 철민아, 철민아!

제9장

자막 – 바람과 별과 전쟁과 사랑, 1950년 여름까지.

군인들이 등장하여 38선 통행관리소를 지키고 있다. 그들은 통행증을 검사, 확인한다. 군인 한 명이 진구의 등을 떠민다. 진구는 완강히 버티며 설명한다.

진구   제 친구가 평양에 있어요. 여기 주소가 있잖아요.

3·8선 군인   몇 번을 이야기 합니까. 통행증을 받아오세요. 통행증이 있어야 올라갈 수 있어요. 자자, 비켜 주세요. 비키시라니까요. 다음 분. 이리 오세요.

진구   어디로 가나. 고향으로 갈 수 없는 도망자 신세. 어디로 가나. 다시 과수원으로 돌아갈까.

산속 사내   (군중들 속에 있다가 진구에게 접근하며) 이보세요. 38선을 넘으실 거죠? 수고비만 두둑이 주신다면…… 안전하게 38선을 넘겨드리리다.

진구   도대체 왜 못 가게 하는 겁니까.

산속 사내   법은 우리가 모르는 사이에 만들어지죠. 그게 법이죠. 그러니 우리와 같은 사람들은 법을 피해 귀신처럼 살아야 하는 겁니다. 깜깜한 숲속. 달빛 젖은 밤. 몰래. 귀신처럼 남과 북을 오갑니다.

진구　　그러다가 붙잡히면.

산속 사내　귀신은 붙잡을 수가 없죠. 이미 산 사람이 아니니까. 혹시 페니실린 장사꾼이슈? 혹시 공산주의자?

두 사람 위의 대화를 하면서 헉헉 산을 넘고 있다. 그 앞에 사내가 길을 안내한다. 험준한 산, 깊고 어두운 계곡들이 무시무시하게 느껴진다. 흔들리는 나무들 사이로 두 사람의 모습이 보였다가 사라졌다가 한다.

사이.

통행소가 사라지며 산속 외딴집으로 바뀐다. 방안의 불빛이 흐리흐리하게 흔들리고 있다. 밖에서 군인 1명이 항아리를 열어보며 서성인다. 문이 열리자 군인 하나가 산속 여자와 나온다.

군인1　　밖에도 아무 이상 없어요.

군인2　　그래? 저 쪽 오두막집도 살펴봐라. (산속 여인에게 돈을 받아 넣으며) 북에서 넘어오는 사람 있으면 바로 신고하시오. 바깥 분에게도 단단히 전달하세요. 어디 갔소?

산속 여자　읍내 장터에.

군인1　　(껄렁하게 다시 돌아와서는) 헌데, 여기 사는 거 무섭지 않습니까?

산속 여자　산에서 태어난 걸요.

군인1　　그래도 무서울 텐데.

53

산속여자	아뇨.
군인1	흐흐. 무서운 일 한 번 만들어볼까요?
군인2	만들지 마라. 가자.

군인들이 사라지고, 그 앞을 주기적으로 왔다 갔다 한다. 여자는 주변을 살피다가 집으로 들어간다. 노인이 나온다. 분위기가 몹시도 긴장되어 있음을 느낄 수 있다.

사이.

사내가 진구와 위층 무대에서 계단을 타고 내려오기 시작한다.

산속 여자	아니 벌써 가시게요?
산속 노인	가져온 고기 잘 챙겨 먹어.
산속 여자	집안일은 오빠가 있잖아요. 오빠한테 맡기고 며칠 쉬었다 가세요.
산속 노인	아니다. 학교 일도 많이 밀렸어. 불현듯 너희들이 보고 싶어서 온 거야.
산속 사내	장인어른.
산속 노인	(진구를 보고, 눈으로 묻는다)
산속 사내	북으로 가겠다는 사람…… .
산속 노인	잘됐군. 나와 같이 가면 되겠군.
산속 여자	다음 달, 오빠 생일날에 그때 넘어갈 게요. 오빠한테 안부 전해주세요.
산속 노인	안돼! 절대로 38선을 넘지 마라. 길이 많이 달라졌어. (산

속 사내를 따로 불러, 조용히) 김 서방 이리 오게. 이거 우리 집 땅문서야. 나중에 38선이 없어지면 그때 찾으라고. 당분간 경자한테는 비밀로 하고. 그⋯⋯, 그⋯⋯, 아닐세, 경자를 잘 부탁하네. 갑시다.

진구는 주섬주섬 돈 뭉치를 꺼내 몇 장을 세어 산속 사내에게 준다. 노인이 혀를 차며 말한다.

산속 노인 자네 돈을 받고 이 짓을 했나?

사내 뒷머리를 긁는다. 노인, 한숨을 쉬며 어둠 속으로 사라진다. 진구 허겁지겁 뒤따른다.

산속 여자 (주저앉아 흐느끼며) 10리도 채 안 되는 거린데 왜 맘대로 갈 수가 없어!! 금 갈러 놓고 오가지도 못하는 판국에 해방은 무슨 놈에 해방이여!!
산속 사내 어허, 여보. 누가 듣겠어. 자, 들어갑시다.

산속, 진구와 노인이 아슬아슬하게 어둠 속을 파헤치며 산행을 하고 있다.

다른 산속, 국군 1,2 히히덕거리며 지나간다. 그들이 지나자 뒤의 풀숲 사이로 진구와 노인의 얼굴이 나타난다. 저만치 사라져가는 국군을 응시하는 두 사람. 이윽고 일어서려는데 국군3이 나타난다. 재빨리 머리 숙인다.

두 사람이 조심스레 움직이려 하는데 숲에서 "누구야?" 하는 위협적인 목소리가 들린다. 재빨리 숨어버리는 두 사람, 그러나 피융 — 총알이 날아오더니 진구의 옆을 스치고, 뒤쪽 노인의 다리를 스쳐 나무에 박힌다. 두 사람은 바짝 긴장한다. "무슨 일이야?", "어느 쪽이야?" 하는 소리와 함께 어둠 속에서 급박하게 국군들이 모여든다.

국군1   이리 나와! 달빛에 다 보인단 말이다! 죽고 싶지 않으면 나와!!

진구   (노인을 공포의 눈으로 쳐다본다) 어르신!

산속 노인   쉿, 흥, 괜한 수작이지.

모여든 국군 1,2,3은 꼼짝 않고 서서 경계하며 숲을 응시하고 있다. 진구는 안절부절못하나 노인은 전혀 동요하지 않는다.

산속 노인   꼭 이북으로 가야하나⋯⋯?

진구   나를 기다리는 사람이 있어요.

산속 노인   죽을지도 모르는데⋯⋯?

진구   죽고 사는 것이 다 지 운명이지요.

산속 노인   그래. 운명이지. 내 아들놈도 그렇게 갔다오. 사실 아까

딸애한테는 차마 말을 못했지만. 아무런 이유도 없이 인민재판인가 뭔가…….

진구 인민재판이요?

산속 노인 젊은 남자들을 병사로 징집하는데 아이가 저항을 했어.

진구 어? 어르신, 피. 피.

산속 노인 이쯤이야, 괜찮아. 사실 나는 혼자야. 살만큼 살았고. 조상님들 산소가 있으니 또 학교가 있으니 고향을 떠날 수는 없고. 어둠 속을 걸어갈 때마다 아들 녀석이 무섭다고 울었어. 아주 어렸을 때야. 난 그 어린 아들 녀석을 업고 가면서 말했지. 가슴에 별을 품고 가는 사람은 어둠 속에서도 길을 잃지 않는다. 저길 봐. 저게 그 별이야. 너의 별이라고. 그리고 이 아버지를 믿어. 이렇게 말했지. 그 녀석이 지금 별이 되었다네. (눈을 훔친다. 손가락으로 방향을 알려주며) 저기 저 아래, 마을 불빛이 보이지? 가면 조등이 달린 집이 있네. 내 집이야. 닭도 있어. 당분간 기거할 수 있어. 무슨 뜻인지 알지?

진구 어르신은.

산속 노인 저들을 유인한 후 멀리 돌아서 내려 갈 테니까. 걱정 말고. 눈 감아도 갈 수 있는 길이지.

진구가 노인을 멍하니 쳐다본다. 노인의 지시에 따라 진구가 움직이려 하는데 노인이 붙잡아 말린다.

산속 노인 내가 먼저 움직일 거야. 군인들이 나를 따라오면 그때 가라고. 이봐요 젊은이. 무슨 일이 있어도 살아야 돼. 절망하면 안 돼.

진구 고맙습니다. 어르신. 제 이름은.

산속 노인 말하지 말게. 세상에서 가장 힘든 게 이름이야. 그 이름을 안고 사는 것도 힘들어. 그러니 그냥 별이라고 하세. 별. 이따 만나세.

노인은 움직인다. 진구는 그 뒷모습을 애처롭게 바라다보며 혼잣말을 한다.

진구 별을 품고 걷는 사람은 어둠 속에서도 길을 잃지 않는다.

노인은 일부러 나무를 건드리며 이동한다. 국군들이 "저기다, 저기" 하며 노인 쪽으로 쏠린다. 진구도 서서히 낮은 자세로 북을 향하기 시작한다. 갑자기 먼 곳에서 아스라이 총성이 울린다. 그러더니 소나기처럼 총소리가 쏟아진다. 진구는 미친 듯이 북쪽을 향해 내달리기 시작한다. 순간 – "누구냐–!" 하는 소리가 들린다.

진구 쏘지 마세요. 쏘지 마세요. 남에서 북으로 넘어온 사람입니다.

목소리 그럼 팔을 들고 천천히 나와!

진구 운명이다. 운명이다. 죽고 사는 것은 운명이다.

진구가 긴장하여 침을 꿀떡 삼키고는 천천히 걸어 나간다. 그러나 진구 앞에 총을 겨누고 있는 사람은 인민군이 아니라 국군이다. 질질 끌려간다. 수사관이 발로 냅다 진구를 걷어찬다. 진구가 팩 고꾸라진다. 다시 의자에 앉혀 고문한다.

수사관   똑바로 말해 이 새끼야. 고향이 없다니. 이 전보는 뭐야. 평양 주소는 뭐야.

진구   운명이다. 운명이다. (저항하며) 몇 번을 말합니까. 전 그 여자를 찾으려고!! 헌데 이북으로 이사 갔다고 해서 내친김에 내 친구를 찾아 평양으로 가려 했어요.

수사관   (구타하며) 이 자식이! 계속 헛소리군!! 그래 이 여자 강효숙! 걘 남로당 강은석이 딸이야!!

진구   운명이다. 운명이다. 그게 무슨 상관입니까. 누구의 딸이고 누구의 아들이고 무슨 상관이야.

수사관   강은석, 지금 북조선 인민위원회 부주석이야. 이건 도대체 공민증도 없고 연고자도 없고, 빌어먹을 야간 북행을 시도하고!! 서울로 송치시켜버려!! 이 새낀 빨갱이야!!

철창소리와 함께 무대는 형무소로 바뀐다. 진구 홀로 웅크리고 앉아 있다. 그 마음속에 환영이 나타난다. 진구는 환영과 미친 듯이 대화한다.

철민   난 지금 소비에트야. 평양에 와도 내래 없어. 그냥 고향으로 돌아가라우.

진구 더 이상 아무 데도 갈 수가 없어.

효숙 당신은 비겁해요. 날 버렸어.

진구 아무 데도 갈 수가 없어.

순덕 바람을 찾는다니 헛꿈이지.

진구 아무 데도 갈 수가 없어.

진구母 등신 같은 놈아. 그러기에 왜 나서서 난리여!!

진구 아무 데도 갈 수가 없어.

옥이 오빠 왜 안 오는 거야?

진구 난 아무 데도 갈 수가 없어.

늙은 진구와 진구 (동시에) 난 아무 데도 갈 수가 없어. 더 이상 갈 곳
이 없어!!!!

늙은 진구 하루하루가 지옥이었지.

유빈 그렇게 형무소에서 얼마나 계신 거지요?

늙은 진구 전쟁이 터질 때까지.

제10장

자막 – 바람이 머무는 곳, 1950년 여름에서 그 겨울까지.

6·25전쟁. 영상. 그동안의 고요한 침묵을 깨고 귀가 찢어질 듯한 포성이 화면을 찢는다. 갑자기 순식간에 밝아졌다가 다시 어두워지면, 부슬부슬 내리는 비. 38선 푯말을 짓밟고 올라서는 케타필러. 티-34형 소련제 탱크가 불을 뿜고, 6·25전쟁이다. 우왕좌왕하는 시민들. 그 아우성 소리들. 피난민들.

늙은 진구가 유빈 기자에게 말을 이어간다.

늙은 진구 멀리서 자장가처럼 포성이 울렸지. 가까이 올수록 귀가 찢어지도록 커졌지. 그리고 갑자기 형무소가 시끄러워졌지. 철창문이 열리는 소리. 철커덩, 철커덩, 철커덩.

영상. 폭파된 인도교. 아비규환의 시민들. 여기저기 불나고 있는 건물과 건물. 실의와 공포의 피난행렬들. 서울을 점령한 북한군. 중앙청에 인공기가 오르고.

북군1 고생했수다 동무들. 우린 동무들을 해방시키기 위해 왔수다!!!

늙은 진구 우와! 우와! 해방이다. 해방이다. 죄수들이 미친 듯이 고함을 쳤어. 그 함성에 형무소가 흔들릴 지경이었지.

철민 사람이든 무기든 쓸 만한 것이 있는지 살펴 보라우!!! 그리고 사상을 따르는 자에게 인민의 피와 사랑을 전수하라우!!!!!

북군1 자유!!! 자, 남조선의 인민들이여, 우리를 따르는 자에게 위대한 영광이!!!!!

죄수들이 서로의 얼굴을 멍하니 바라다보다가 환호성을 지르며 앞을 다퉈 달려 나간다. 텅 빈 감방 안에 진구만이 멍하니 앉아 있다. 진구가 조용히 일어난다. 뚜벅뚜벅 걸어간다.

늙은 진구 인민군들이 행군을 하며 계속 남으로 내려 가. 탱크와 곡사포와 무수한 장비들이 줄지어 따라 내려 가. 많은 죄수들도 조국 통일을 외치며 그들 뒤를 따라 내려 가. 하지만 난 틈을 봐서 도망을 쳤어. 북으로 내달렸지.

평양. 시내의 모습 영상. 신나는 라디오 방송. "조선통일의 날이 눈앞에 있다"는 내용 떠들어 대고 있다. 진구 등장. 길을 걷는 진구의 몰골이 가엽다. 머리는 제멋대로 자랐고 수염을 깎지 못했는지 영락없는 거지꼴이다. 지나는 사람들에게 길을 묻고 있다. 한 아낙네가 길을 가리켜 준다. 밝게 웃는 진구. 힘을 내서 걷는다. 그 위로 눈이 내린다.

행인　　눈이 오네. 아이고, 눈이 오네.

늙은 진구　눈이 오네. 눈이 오네. 눈이 내리는 세상, 바람도 거세게 불어제쳤지. 미군이 쳐들어온다는 소문과 중공군이 쳐내려온다는 소문이 겹겹이 섞여 거리는 혼돈스러웠지. 입에서는 안개처럼 입김이 토해지고 불어터진 얼굴, 헐기 시작한 신발, 미라처럼 온몸이 굳어가는 줄도 모르고 걸었지.

눈보라를 헤치고 걷는 진구. 사람들이 지나간다. 길을 묻는다. 다시 걷는다. 함박눈이 내린다. 사람들이 지나간다. 길을 묻는다. 이윽고, 비틀거리다가 쓰러진 진구는 시체처럼 땅에 그대로 붙어 있다.

진구　　더 이상 걸을 수가 없어. 눈 감으면 그녀 얼굴 자꾸 생각나. 우리 모두가 평등해요. 그 평등한 하늘 아래에서 우리의 꿈도 젊음도 사랑도 자라죠. 그 말이 내 심장을 태워버렸어. 꿈. 사랑. 젊음. 그리고 죽음. 아, 엿 같은 인생. (쓰러진다)

동시에 무대는 삼등분된다. 우측은 진구 가족이 정착하여 운영하는 부산의 진옥국밥, 중앙은 진구의 환상과 현실, 그리고 좌측은 평양의 철민의 집이다. 진구는 여전히 쓰러져 있다.

진구母　진구야, 일어나야지. 진구야, 바람이 분다. 어서 일어나야지.

진구　(엉거주춤 상체를 일으킨다) 엄니. 엄니.

진구母　진구야, 바람이 일어난다. 너도 그만 일어나야지.

순덕　(하품하며 나온다) 어머니 왜 안 주무시고. 아직 이른 새벽이에유.

진구母　진구 꿈을 꾸었다. 눈 내리는 하얀 들판이었어. 바람이 세차게 불었어. 눈보라가 일었지. 그 속을 진구가 헤쳐 걷고 있었어. 지친 군인들이 그 뒤를 따라 걸었다. 얼마나 울었는지 눈이 퉁퉁 부었어.

순덕　누가요?

진구母　진구가.

순덕　어머니 눈이 더 퉁퉁 부었어. 얼른 들어가 더 주무세유.

진구母　내가 불러도 대답을 안 해. 전쟁 통에 필시 죽은 거.

순덕　어머니 아들은 죽지 않아요. 만주에서도 살아왔잖아요.

진구　엄마.

순덕　바람을 쫓아다니는 사람은 죽지 않아요.

진구　순덕아.

진구母　그래, 새벽인데 좀더 자지 않고.

순덕　옥이가 영남과수원 간다는데 뭘 좀 싸서 보내려고. 아, 춥다.

진구母　이 전쟁 통에 옥이가 거기를 왜 가. 아서라. 괜히 여자 혼자 돌아다니다가 욕본다.

순덕　누군가는 가봐야 하잖아요. 새로 옮긴 집 주소도 알려주

고. 난 국밥집 챙겨야하니 갈 시간이 없고 또 내가 오가
는 것을 알면 더 멀리 달아날 지도 모르고요.

진구母 그럼 그냥 편지를 보내면 되지.

순덕 편지는 믿을 게 못 돼유. 사람이 사람을 봐야 믿을 수 있
지. 어여, 들어가세유. 아, 바닷바람은 더 춥네.

순덕, 진구모를 안내하며 집으로 들어간다. 이렇게 두 사람이 대화
하는 사이. 철민의 어머니가 집 앞에 쓰러진 진구를 발견하여, 그를
흔들어 깨운다.

진구 어머니, 어머니!!

철민母 깼구먼, 몸은 좀 어떤가? 손에 든 편지만 없었어도 내 못
알아 볼 뻔 했어. 내 집 앞에 엎어져 있기에. 우리 철민이
친구인 것 같은데

진구 (큰 절을 한다) 네. 어머니, 처음 뵙겠습니다. 이진구라고 합
니다.

철민母 일어나라우 춥다. 들어가자우. 철민이 본 지가 오래 되니
까니 친구만 봐두 내 아들 같구만.

진구 철민이는 어디 갔나요?

철민母 조국해방전쟁에 나갔는데 죽지나 않았는지. 어서 이리
올라 오라우.

사이.

무대 상단의 지리산 깊숙한 숲속 참호와 동굴. 철민은 북한 인민군 고급 장교복을 입고 있다. 인천상륙작전으로 낙동강 전선에서 퇴각하지 못한 인민군 무리들이다. 철민은 누워 책을 보다가 일어나 고쳐 앉는다. 북군1이 인민병사를 사정없이 때리고 있다. 철민, 성가신 듯 이리저리 뒤척이다가 이윽고 책을 접고 소리친다.

철민 그만 때리라우!

북군1 조직을 이탈하려는 이런 쌍간나 새낀 쥑여야 함메다!

철민 살고 싶은 거이 인간의 본능 아니가서?

북군1 (계속 동료 군인을 때리며) 기래도 이런 반동 새끼는…….

철민 (벌컥 화를 내며) 그만 하라네까니!

북군1 (홱 걸어 나가며) 쌍, 거저 고놈의 정 때민에!

철민 뭐이 어드레!

북군1 사실 그렇잖습매!!! 거 쬐끄만 남쪽 아새끼래 하나 구할래다가 제대로 퇴각도 못하고. 결국 요모냥 요꼬라지. 지리산에 처박혀 산짐승처럼 풀 뜯어먹고. 화적떼처럼 목숨 걸고 민가에 내려가 식량이나 구걸하고 우리가 닌민을 위한 군인입네까? 날강도 화적떼지…….

철민 (발길로 안면을 걷어찬다) 이 쌍놈에 새끼레 간땡이가 부었구만!!

북군1 (피 흐르는 입술을 닦아내며 째려본다. 침을 칵 뱉는다)

철민 이 쌍 간나새끼!! 눈깔 똑바로 안 뜨네!! 넌 거저 닌간성이 글러머거써!!

철민은 권총을 꺼내 위협사격을 가한다. 북군1의 어깨에서 피가 흘러내린다. 잘못해서 총알이 어깨를 스친 모양이다. 총소리에 인민군들과 공비들이 몰려 들어온다.

이러한 철민의 지리산 장면과 평양의 철민 집의 장면이 중첩된다.

철민母 (밥을 차려 내오며) 여기 며칠 푸욱 쉬었다가 가시라우요. 아이, 이 잘생긴 얼굴이 이기 이기 뭐야. 얼굴도 몸도 다 깨끗이 씻구, 따순 밥도 실컷 먹고 가시라우요.

사이. 진구는 허겁지겁 밥을 먹다가 목이 멘다. 천천히 먹으라며 등을 두들겨주고 물을 건네는 철민모. 웃으며 밥을 삼키는 진구.

북군1 전쟁 내내 난간고육이야요? (돌아서서 부하들에게) 이 쫑간나 새끼레 서라는 보초 안서고 뭘 구경이간!!! 날래 나가라우! 날래! 날래!!!

철민 넌 어데 가!!

북군1 더 이상 같이 못 있갔시오!!

철민 (얻어맞아 쓰러져 있는 졸병을 발로 툭툭 차며) 너도 나가라우.

흐르는 피를 닦으며 인민군 졸병이 주춤주춤 걸어 나간다. 컴컴한 동굴 속에 홀로 남은 철민은 멍하니 그들이 나간 곳을 뚫어질 듯 바라보다가 다시 자기 자리로 간다. 얼굴을 고통스럽게 주무르며 벽에 기대어 주루룩 땅바닥에 쭈그리고 앉는다. 어두워진다.

진구　　철민이는 공부는 다 끝냈었나요?

철민母　공부 끝내고 아부지 있던 흥남비료공장 간부로 있다가
　　　　아부지 죽고, 노동당 간부가 되어 여기 평양으로 돌아왔
　　　　디요. 그리고 결혼해서 쭉 같이 살고 여기 있었디요.

진구　　결혼이요? 우와! 아이도 있나요?

철민母　아들이 하나 있디비. 안 그래도 메누리가 올 때가 됐는
　　　　데 아이가 아파서 병원에 갔다 온다 했는데. 아이고 메
　　　　누리 저 오네.

효숙　　(아이를 포대기에 업고 등장) 어머니, 다녀왔습니다.

철민母　여, 철민이 친구가 왔다.

효숙　　아범 친구분이요? 누구? (하다가 멍하니 본다. 몸이 굳는다)

철민母　의원 선생은 뭐라나.

효숙　　아, 아, 그냥 감기라고. 약 지어주셨어요. 방안에 젖은 빨
　　　　래를 같이 널어두라고요.

철민母　(아이를 받아 안으며) 아이고, 내 새끼. 들어가자, 할매랑 들
　　　　어가자. 상 좀 치우고, 뭐 차라도 대접해라. 묶을 방도 따
　　　　스히 뎁히고.

효숙　　네. 어머니. (상을 들고 부엌으로 간다)

진구 홀로 앞마당에서 서성인다. 밤. 평양의 달이 움직여 무대를 밝
힌다. 효숙이 방에서 나온다. 손에 무슨 편지를 들고 있다. 효숙의

눈은 얼마나 울었는지 퉁퉁 부어 있다. 인기척을 듣고 진구가 돌아본다.

사이.

두 사람, 대청마루의 양쪽 끝과 끝에 앉아 한동안 말없이 있다. 깊은 밤. 시간은 속절없이 흐른다.

효숙　남쪽은 여기보다 따뜻하겠죠. 뜨거웠던 그해 여름이 생각나요. 옥이는 처녀가 되었겠네요. 과수원 백부님은 잘 계시나요? 내겐 아버지보다 더 따뜻한 분이셨는데. 아버지 동경유학시절에 난 어린 시절을 과수원에서 보냈죠. 아버지 귀국하여 정치를 시작하자 하루도 조용한 날이 없었죠. 난 이화여전을 다녔고, 또 농촌계몽운동을 했고…… 그렇게 당신과 옥이를 만났고, 그리고 지금은 여기에…… 아, 난 이미 인생을 다 살아버린 것 같아요.

진구　늦게 받았어요. 마지막 전보를.

효숙　(침묵) 그랬군요. (침묵) 사랑은 역사보다 무겁고 죽음은 나비처럼 가볍죠. (사이, 전보를 밀어주며 일어서 마당으로 나선다) 남편이 실종됐다는 군요. 어머니는 아직 모르고 계세요. 미군이 여기까지 밀고 왔으니 이미 죽었을 수도.

진구　(그 전보를 멍하니 읽어보다가 한참 뒤에) 철민이는 강합니다. 죽지 않아요. 내가 알아요. 이런 편지 믿지 말아요. 사람을 믿어야죠.

효숙　사람을 믿으면 안돼요. 상황을 믿어야죠. 나를 봐요. 그리고 당신을 봐요.

영상. B52 폭격기 소리. 포탄 소리. 온갖 굉음이 요란하다. 문 밖으로 피난 가는 사람들이 한 둘 황급히 지나가더니 이내 일행이 되어 나타난다. 머리와 지게에 짐을 짊어지고 바쁜 걸음으로 문 앞을 지나가고 있다.

효숙   피난 가는 사람들이 많아졌어요. 조국통일. 인민해방. 바보 같은 전쟁이죠. 서로에게 증오만 남긴 채 우리 모두 서서히 죽어 갈 겁니다. 그래, 그 사람도 죽었어. 난 알아요. 하지만 산 사람은 살아야죠. (진구를 한참 바라보다가 조용히 방으로 들어간다)

늙은 진구   뜬 눈으로 지새웠지. 피눈물이 났어. 남으로, 남으로, 피난민은 남쪽을 향해 가고 나는 새벽길을 나서기 전에 그녀에게 마지막 편지를 썼어. (늙은 진구의 노래와 진구의 편지가 중첩된다) 사랑은 나비처럼 다가와 가시처럼 내 가슴에 멍들고 아픈 사람 향기 되어 흔들리며 머무네. 인생은 바람처럼 다가와 강물처럼 어디론가 흐르고 지친 세월 눈물 되어 흔들리며 떠나네.

진구   (편지 독백) 죽어서 헤어지는 것보다 살아서 이별하는 것이 낫지. 추억으로 빈 마음 채워 달래며 사랑을 사랑이라 쓰지 못하고 그립다 말하면 서러워 질 것이니 다시

보자 말하면 미워질 것이니 전쟁이 끝나도록 우리 살아
있다면 우연히 다시 볼 수 있기를.

늙은 진구 저 골목 모퉁이를 돌면 푸른 흐린 달빛 아래 외로이 서
있는 낯선 그림자 하나. (노래를 흥얼거리다가 운다)

달이 기울고 여명이 밝는다. 철민 모, 부산하게 옷과 가방을 챙긴
다. 효숙이 부엌 쪽에서 조그만 보따리를 들고 서 있다.

철민母 아이다. 이거 하나 더 입으라. 잔뜩 껴입으라. 덥우면 벗
을 수 있디만 추우면 멀리 못 걷는다이. 자, 그리고 이거
노잣돈인데 한 곳에 넣지 말고, 옳지, 옷 주머니 하나하
나마다 따로따로 숨기 넣으라.

진구 고맙습니다.

철민母 됐다. 해 뜨기 전에 퍼뜩 가라.

진구 네. (철민 모에게 큰절을 하고 달려 나간다)

철민母 뒷모습 보이 철민이 생각이 나네. 아이고야, 그거 놓고
갔네. 니 뭐하네. 얼른 가서 전해줘라. 밥 굶겠네.

효숙 (쫓아 나간다. 진구 앞에서 말이 없다. 사이) 주먹밥을 좀 쌌어요.
생쌀도 조금 넣었어요.

진구 (가방에 넣으며, 편지를 꺼낸다) 편지, 철자가 많이 틀릴 수도
있어요.

효숙 (따라 걷다가 멈춘다) 난 이쯤에서 배웅하는 게 좋겠어요. 애
기가 찬바람을 쐬면 안 좋거든요. (애기가 운다. 효숙도 운다.

71

진구는 계단으로 멀어진다) 어머, 얘 좀 봐! 울음소리가 우렁
차죠? 아버지보다 더 위대한 아들이 될 거예요. (진구가 더
멀어진다. 아기를 달랜다) 울지 마, 울지 마, 진구야.

그 먼 소리에 진구는 무대 뒤 계단에서 잠시 서서 뒤돌아본다. 계
속해서 다시 미친 듯이 쏟아져 내리는 눈발들. 진구는 계속 걷고.
무대는 어두워진다.

제11장

자막 – 옥이의 눈물, 1951년 여름.

영남과수원 숲길, 옥이가 등장하여 주변을 살피며 걷다가 깜짝 놀란다. 허겁지겁 도망치다가 이씨 집으로 달려 들어간다. 이씨가 달려 나와 두리번거린다.

이씨   누구요? 거기 누구요?

진구   접니다. 아저씨. 진구예요.

이씨   이놈아, 어디 갔다 오는 거여. 여기 저기 수소문해도 찾을 수 없고. 자네 색시가 몇 번씩이나 다녀갔는데. 옥이를 데리고 지금 당장에 부산으로 가. 옥아. 옥아.

옥이   (진구를 발견하고 안기며) 오빠!!!

진구   옥아. 너 정말 많이 컸구나! 근데 네가 여기 어떻게?

옥이   오빠를 찾았지. 계절이 바뀔 때마다 과수원에 왔어.

이씨   세상이 싹 바뀌었다. 주인어르신도 변을 당하셨다. 낮에는 조용하지만 밤에는 공비들의 세상이여. 날 밝는 대로 옥이랑 데리고 내려가라.

진구   공비여?

옥이   (울다가 갑자기 울음을 뚝 그치고 바짝 긴장하며) 밖에 무슨 소리 났죠!

청년	아저씨. 아저씨.
이씨	숨어라. 얼른.
옥이	오빠. 숨어.
청년	(등장) 아저씨 먹을 것을 구하러 왔어요. 누구랑 같이 있었어요?
이씨	누구랑 같이 있기는.
청년	저한테 거짓말을 하면 안 되죠 아저씨. 아저씨 목숨도 구해드렸는데. 옥이도 끌고 가려는 걸 제가 구했죠. 옥아 먹을 것 좀 챙겨라. 산에 가져다 줘야 해. 다른 집 다녀올 때까지 옥아 준비 좀 해 줘.
이씨	우리도 먹을 게 없어, 이 녀석아.
청년	저는 뭐 이 짓 하고 싶어서 하는 줄 알아요!! 갖다 주니까. 우리 목숨이 붙어있는 거예요!!

옥이가 먹을 것을 준비하러 들어간다.

사이.

꽝-하며 청년의 말이 끝나기가 무섭게 진구가 마당에 내동댕이쳐진다. 공비들. 본능적으로 반항하려 하는 진구를 공비들이 순식간에 포박해 버린다. 옥이가 달려 나와 울면서 매달려도 소용이 없다.

공비1	쥐새끼처럼 숨어 있었어.
청년	진구야!
공비1	아는 동무요?

청년 (외면한다) 아, 아, 아닙니다. 누굴 닮아서.

공비2 갑시다. 동무.

청년 저, 저, 저는 먹을 것을 더 챙겨 가겠습니다.

공비1 좋소. 두둑이 가져 오라우. 딴 맘은 먹지 말고

입에 재갈이 물리고 등 뒤로 손이 묶인 채 진구가 공비들에게 끌려
간다. 상단 무대의 산속 북군1이 신경질적인 걸음으로 다가서더니
힐끗 진구를 쳐다본다. 사이. 하단 과수원에서.

이씨 네 놈이 결국.

청년 그런 눈으로 보지 말아요. 난 아닙니다. 진구가 왔다면
제게 먼저 말했어야죠. 그래야 대책을 세우죠!

옥이 아저씨, 아저씨, 우리 오빠 좀 살려주세요.

청년 에이 씨발!

과수원 어두워지고, 진구가 비틀비틀 산으로 오르며 숲속 공비들의
소굴로 끌려가고 있다.

북군1 이거 뭬야!!

공비1 마을루 식량을 구하러 갔다가······.

북군1 가둬놨다가 말 안들으면 직여버리라우!

공비1 넷. 알겠음네다!

사이.

날이 밝는다. 하단 중앙에 마을 사람들이 전부 모여 있다. 모두 노인네와 어린애, 아낙네들뿐이다. 그 틈에 옥이도 끼여 있다. 짐꾸러미들이 잔뜩 쌓여 있다. 지휘하는 국군들이 웅성웅성 뭐라고 떠들어대고 있다. 마을 사람들은 제각기 짐을 싸들고 모여 있다. 옥이가 근심스러운 표정으로 국군에게 다가선다.

국군   자, 다들 이해하셨죠. 자 빨리빨리 움직이세요.

옥이   저 산으로 어젯밤에 우리 오빠가 끌려갔는데요, 아저씨.

국군   아가씨뿐만이 아닙니다. 저리 비키세요. 자 빨리 내려가세요! 저놈들이 인질을 이용해 자꾸 식량을 얻어가고 있잖습니까!

옥이   아저씨, 제발…….

국군   자 빨리빨리들 내려가세요! 곧 작전이 시작됩니다! 빨리요, 빨리!!

마을 사람들이 안타까운 표정으로 자기가 살던 집들을 바라보며 천천히 아래로 내려간다. 옥이는 자꾸 산 속을 바라보며 슬금슬금 뒤로 쳐지기 시작한다. 그런 옥이를 의심스레 힐끗힐끗 훔쳐보는 국군병사. 옥이에게로 와서 그녀를 밀어붙이며 다시 대열에 합류시킨다. 주민들이 국군들과 함께 무대 뒤로 사라진다.

동시에 철민의 동굴. 북군1이 황급히 달려 들어온다. 철민이 바짝 긴장하여 상체를 일으킨다.

북군1 괴뢰군 새끼들이 마을 인민들을 죄다 끌고 내려 갔시오!

철민이 황급히 나온다. 북군1이 잽싸게 뒤따른다.

사이,
진구는 열심히 벽에 긁으며 밧줄을 끊고 있다. 동굴 밖으로 인민군
들이 황급히 오가는 모습들이 보인다. 진구 앞으로 철민이 지나간
다. 진구가 밧줄 끊는 동작을 중지하며 경직된다. 목 놓아 철민을
부른다. 그러나 "으으으"거리기만 할뿐 목소리는 나오질 않는다.
입의 재갈을 어깨에 문지르며 떼어내려 하지만 소용이 없다.

철민과 북군1을 비롯한 몇몇 공비들이 산 아래를 내려다보고 있다.
저 아래에서 옥이가 미친 듯이 이리저리 헤매며 "오빠, 오빠"를 목
터지게 불러대고 있다. 점차로 철민네 쪽으로 가까이 다가온다.

옥이 오빠―진구 오빠―어디 있어요―빨랑 내려와요―진
구 오빠. 산에 불을 지른다니까요―오빠.
북군1 불이요! 기럼 어케되는 거지요?
옥이 오빠―진구 오빠―
북군1 도대체 뭐가 어드렇게 되는…….
철민 쉿!…… 저 에미라이 지금 뭐라캣지?

순간 – 피융하는 총소리가 공기를 가르면서 옥이가 그 자리에 팩 고꾸라진다.

철민   쌍!! 쫑간나 새끼레, 어떤 간나 새끼가 함부로 총질이야, 총질이!!!!
공비2   괴뢰군 둘이 접근하고 있읍메다!
철민   기레서 동무가 쐈간!
공비2   내가 쏜 거이 아닙메다!
철민   기럼 뉘가 쏜 거야!!

소리를 죽여 다그치는데 퓽하며 총알이 스쳐 지나간다. 산 아래에서 국군 두 사람이 엎드려 사격을 하고 있다. 철민의 명령에 의해 즉각 응사하는 공비들. 동시에 뒤 쪽의 산이 붉게 변한다. 산불이다. 무대는 순식간에 붉어진다. 그와 동시에 기총소리. 우왕좌왕하며 아무 데나 엎드리는 인민군들.

철민   이동, 이동하라우!
북군1   네?
철민   무슨 소린지 모르가써!!
북군1   이동, 이동이다!
공비1   인질들은 죽이고 갑메까?
철민   인질? 무슨 소리야 ?

철민은 국군을 향해 단발로 가하기 시작한다. 불을 뿜는 공방전이 벌어진다. 총소리와 불타는 소리들이 뒤범벅이 되어 무대가 혼란스럽다. 한둘 쓰러지는 공비들, 치열한 공방전.

사이.
진구가 손에 묶인 포승줄을 끊어낸다. 입의 재갈을 거친 숨과 함께 뜯어낸다. 달려 나간다. "철민아!!!" 하고 외치며 찾는다. 철민은 몸을 숨기며 옆으로 돌아 소리 나는 곳을 본다. 진구다!! 철민은 경악하며 감격한다. 진구는 죽은 공비의 소총을 잔뜩 들고는 엉금엉금 기어오고 있다.

철민　야! 업데리라우!

철민은 엉금엉금 진구에게 다가간다. 진구도 같이 기어와서는 엎드린 채로 서로의 손을 움켜쥔다. 그들 뒤로 붉게 타오르는 나무들이 무섭게 보인다.

철민　이거 어디서 어케 나타난거디? 자아, 이리 가까이 오라우. 꿈은 아니지? 야!!! 이거이 누구야! 영영 못보구 죽는구나 했는데!

두 사람은 부둥켜안고는 감격의 눈물을 흘린다. 북군1이 서둘러 피해야 한다고 손짓한다.

철민　　따라 오라우! 이야, 이거 꿈이야 생시야.

철민은 위협적으로 다가오는 불길을 피해 낮은 포복으로 내려가기 시작한다. 진구는 철민의 뒤를 바짝 따른다. 주변의 쓰러진 공비들이 처참해 보인다. 별안간 진구가 비명을 지른다. 진구는 부들부들 떨며 오열한다. 그 옆에 옥이의 시체가 있다. 오열하던 진구가 갑자기 일어서더니 아무 데나 총을 쏜다. 철민이 붙잡아 끌어내려 해도 소용이 없다. 진구는 눈물을 펑펑 쏟으며 허공에다가 총을 쏜다. 갑자기 총소리가 우박 떨어지는 소리처럼 들려오는데— 무대 어두워진다.

제12장

자막 - 거제도 포로수용소, 1952년 여름.

포로수용소 전경. 커다란 수용소 막사가 정렬되어 꽤 많이 들어서
있다. 그 주위로는 이중 철조망이 무시무시하게 둘러쳐져 있다. 포
로들 노역을 하고 있다.

포로1 내래 공화국 안 돌아가고 여기 남겠습네다.

포로2, 3 누가 들으면 어쩌려고.

포로1 북조선 올라가봤자 자유도 없고, 린민재판 받을게 뻔하
디요.

포로2 (두려워하며) 난 이 말 안들었습네.

포로1 기냥 남조선에서 자유롭게 살다가 죽는게 낫겠시오.

사이.
곳곳의 감시탑에서는 서치라이트 불빛이 삼엄하게 **포로수용소**
곳곳을 비추고 있다. 막사의 안과 밖. 달빛이 새어들어 와서 철민
을 감싼다. 철민은 그 달빛에 무엇인가를 비춰보고 있다. 진구가
막사에서 두리번거리며 나온다. 철민 손에 들고 있던 것을 황급
히 감춘다.

철민 진구, 너 안 자고 있었네?

진구 너 울었구나.

철민 울긴, 누가 울어. 더워서 땀이 나서 기래.

진구 숨긴 게 뭐야?

철민 아. 이거. 결혼식 때 찍은 가족사진이야. (진구에게 보여준다)

진구 (사진을 받아 들고 뚫어지게 본다)

철민 요거 우리 아바이. 오마니. 오마니 봤다 했디? 요거 우리 마누라. 그때 같이 봤나?

진구 (대답 대신 고개를 작게 끄덕인다)

철민 오마니가 분명 아들을 낳았다고 했디? 이야, 우리 아들 보고 싶네.

진구 부인은 안 보고 싶고?

철민 아버지들끼리 언약해서 만나게 되었는데 에미라이 거 많이 배워서 상당히 똑똑한데다 남쪽에 살면서 자유 바람이 들어서인지 사상이나 습관이 나랑 전혀 안 맞아.

진구 부부는 살면서 맞춰가는 거지.

철민 (툭툭 치며 장난하듯) 기래, 기래, 그래서 니는 첫날밤에 족두리도 안 내려주고 도망 나왔다매?

진구 이 사진 나한테 주라, 응? 니가 보구 싶을 때마다 이 사진을 꺼내보게.

철민 안 돼. 하나밖에 없는 거야.

진구 (사진을 빼앗아 주머니에 넣고 도망간다)

철민 야, 안돼. 내노라우, 그기 하나밖에 없는 거야!!

사이.

포로1이 꽁꽁 묶인 채로 데굴데굴 밀려들어온다. 북군1을 포함한 몇몇 과격포로들은 삽과 곡괭이 등으로 다른 포로들을 죽일 듯 휘둘러 패고 있다. 북군1이 외친다.

북군1 조국을 배신하고, 부모의 고향을 배신하고 이 괴뢰의 땅에 남아 멀 하간? 종자도 없고 근본도 없는 간사한 새끼. 사상교육 다시 시켜 주갔어. 퉤.

진구와 철민이 그 살벌한 광경들을 묵묵히 바라다보고 있다. 진구가 참견하려하자 철민이 황급히 말린다.

철민 끼지 말라우, 놔두라우. 저것들 지금 잔뜩 독이 올라 있으니까니…… 자, 자, 모른 체 들어가자우.

진구 저러다가 죽는다고. (벌떡 일어나 달려 들어가며) 그만들 해요!!

과격 포로들이 행동을 즉각 중지하더니 진구를 일제히 바라다본다. 과격포로 한둘이 진구를 향해 죽일 듯이 뚜벅뚜벅 걸어온다. 진구가 질려 한걸음 뒤로 밀려난다. 철민이 용수철처럼 일어난다.

철민 제자리로 돌아가라우 쌍!! 와기레, 내 얼굴에 흙이라두 묻었네? 쌍! 날래 흩어지디 못하가서!! 거저 이 쌍간나 새끼레 공화국으로 돌아가면 싹 다 죽여버리가써! 날래 흩어지라우, 날래!!

북군1 소좌 동지. 참 많이 변했수다. 올라가면, 남쪽에서 있었던 일 상세히 보고하여 당의 처분을 받게 할 겝네.

그러나 철민의 말에 기가 눌렸는지 한두 명씩 몸을 돌려 돌아간다. 그러자 우르르 제자리로 돌아간다. 진구, 후우 한숨을 쉬며 포로1을 풀어주고는 제자리로 돌아가 앉는다. 철민이 힘없이 진구 옆에 기대어 앉는다.

포로1 고맙습니다.

철민 왜 참견하고 그래!!! 앞으로 침묵하고 살라. 내 몇 번씩 주의 주지 않았네? 여긴 뉘가 뉜지 알 수가 없다. 나 자신 빼고는 다 적이야.

진구 이북에 가지 않겠다는 포로야. 공산주의는 싫다고 그래서 자유대한민국을 선택하겠다고 떠들고 다닌 친구야 그래서 이렇게 얻어터진 거라고.

철민 누가 모르간!!! 잘 보라우. 저게 인민재판이야. 거기에 가면 니가 나를 저렇게 죽일지도 모르고, 내래 또 널 죽일지도 모르디. 그러니 딴 생각하지 말구 넌 확실히 송환거부자 편에 끼여 야. 너를 방해하는 과격한 포로레 내가 싹 다 죽여 버릴 테니까. 친구, 친구 하디 말구, 니가 날 정말로 좋아한다면 기러케 하라우. (사이) 너와 나는 같이 살 운명이 아니니까니⋯⋯.

진구   철민아, 거긴 모든 사람이 평등하고.

        그러니 나도 공부해서 당에 가입하면

철민   (버럭 소리지르며) 거참!!! 다른 생각하지 말라우! 알가서?

        너는 남쪽이고 나는 북쪽이야!!! 알가서!!!

외치고 나가려는 철민 그 뒤로, 과격포로들이 각목을 들고 들이닥쳐 휘두른다. 진구가 철민 대신 막으려 하나 한 방에 나가떨어진다. 철민이 진구를 살피려하나 포로들의 공격이 거세다. 방어하며 공격하나 오래 막지 못한다. 철민이 처절하게 얻어터진다. 북군1이 웃으며 등장한다. 흉기를 들고 있다. 만신창이가 된 철민의 목을 찌른다. 젖은 종이처럼 철민은 피를 흘리며 땅에 쓰러진다.

북군1   (조롱하듯이) 너는 남쪽이고 나는 북쪽이야 알가서!! (진구에게 다가간다) 얘는 죽었고 너는 내일이야 알가서!! 우리 편에 붙으면 넌 공포에서 해방되는 거야. 저놈 다시 끌고 가라우.

포로1   살려주세요. 살려주세요.

과격포로가 빠져나가고 진구는 철민의 죽음을 믿을 수 없는 듯 짐승처럼 울부짖으며 시신을 부여안고 흔든다. 마치 그를 잠에서 깨우려는 듯. 이때 철민의 주머니에서 떨어져나오는 가족사진. 사진을 움켜쥐는 진구. 진구 일어나 천천히 걸어 나간다. 적막하고 고요하다. 감시탑의 서치라이트 불빛만 서서히 움직이고 있을 뿐 무대는 고요함으로 가득 차 있다. 진구는 계속 걷는다. 진구가 걷는 만큼 철조망이 내려온다.

스피커 소리   경고한다. 철조망에 접근 시 사살한다.

긴박한 사이렌소리. 진구는 계속 걸어 철조망을 오르기 시작한다.

스피커 소리   내려와라, 내려오지 않으면 사살한다.

경고방송이 계속된다. 그러나 진구는 그에 전혀 아랑곳하지 않고 계속 철조망을 오른다. 따다다닥 하며 쏟아지는 총소리— 진구가 떨어진다.

제13장

자막 – 어머니의 죽음, 1954년 여름.

회장실, 늙은 진구와 유빈의 인터뷰가 계속된다.

늙은 진구 죽으려 했지만 살았지. 총알이 세 개나 박혔는데. 인생이란 것은 한 치 앞을 볼 수 없는 짙은 안개 속을 걷는 것이야.

유빈 그 후 가족들은 못 만난 겁니까?

늙은 진구 가족. 우연히 마주친 적이 있었지.

진구, 땀을 닦으며 지게를 내려놓고 쉰다. 머리에 벙거지 모자를 푹 눌러썼다.

일꾼 (이를 쑤시며) 밥은.

진구 한 건도 하지 못해서.

일꾼 이런 멍청이. 아직도 진옥국밥집 몰라? 거서 점심마다 공짜로 밥을 주잖아.

진구 네? 그 집이 어딥니까.

일꾼 저기 모퉁이 돌아 전당포 쪽으로 가다 보면 있어. 헌데 소용없어. 공짜는 벌써 끝났을걸. 하루에 딱 스무 그릇

뿐이라. 정오에 딱 맞춰서 가야 해.

진구, 헐레벌떡 국밥집을 찾는다.

사이.

진옥국밥집이다. 순덕이 빈 그릇을 수거해 들어간다. 진구는 국밥집에 앉는다. 주문하지도 않은 국밥을 점원이 벌써 가져온다.

진구　　　이거 공짜인가요?

국밥집 점원　공짜는 벌써 끝났죠. 드려요 말아요?

진구, 허기를 참을 수 없어 낚아채듯 허겁지겁 먹는다.

사이.

진구 어머니가 지팡이를 짚으며 흔들흔들 나타난다. 퍽 야위었다.

진구母　　진구야, 진구가 온 거야? 진구가 왔나보다.

순덕　　　무슨 말씀이세요. 누가 왔다고 그래요.

진구母　　오늘 진구 생일이다. 미역국을 끓여야지.

순덕　　　생일 아니에요. 그이 생일은 9월이죠.

진구母　　옥이도 왔네. 아이 예뻐라.

순덕　　　(집안으로 밀며) 바빠요. 어머니. 들어가세요.

진구母　　진구가 밥 한술이라도 먹고 다니는지, 넌 걱정도 안 되냐?

순덕　　　걱정 놓으세요. 어디 가서 밥 굶고 다닐 사람은 아니네요. 나중에 큰 부자 돼서 나타날 거예요.

사이.

진구 밥숟가락을 놓고, 운다. 참지 못하고 후다닥 뛰쳐나간다. 점
원이 "야, 이 도둑놈아 돈을 내고 가야지" 하며 쫓아가다 포기하
고 돌아온다. 순덕, 이 소동을 살핀다. 진구가 사라진 쪽을 물끄러
미 본다.

국밥집 점원 놓쳤어요. 하는 짓이 처음부터 수상했어요.

외삼촌 (진구가 도망친 길에서 휘돌아서 등장) 나와 부딪칠 뻔한 놈인
가 보다. 지게를 졌지?

국밥집 점원 네, 비렁뱅이 거지 놈이에요. 에이 퉤!

외삼촌 거 이해해라. 우리도 한때 그랬다. 배곯으면 장사 없다.
거지들도 묵고 살아야지. 아니, 누님 왜 나왔어요? 어여
들어가세요.

국밥집 점원 아니 먹으려면 깨끗이 다 먹지 이게 뭐야. 정말 재수가
없으려니!!!

진구母 진구가 다녀갔다.

외삼촌 또 그 소리. 그 빌어먹을 놈 그만 잊으세요. 그놈 찾으러
갔다가 옥이마저 행방불명 됐잖아요.

진구母 옥이랑 같이 왔어. 내가 봤다. 둘이서 여기 앉아 있었는
데…….

외삼촌 알았어요. 알았어요. 내가 찾아볼 테니 얼른 들어가세요.
순덕아. 순덕아. 모시고 안채로 들어가라. 얼른. 요새 누
님 정신이 오락가락하니 나까지도 오락가락이다. 그리

고 왜 갑자기 진구 얘기를 해서. (사이. 울적하게 있다가) 옥이 이년은 대체 어디로 솟은 겨. 산 겨, 죽은 겨!!!

순덕　삼촌, 삼촌!!!!

외삼촌　기차 화통을 삶아 먹었나. 덩치만큼 목소리가 커. 남자로 태어났으면 대장군이여 대장군. 나 누님하고 대화할 기운이 없다. 나도 늙었다고. 이럴 때는 피하는 게 상책이여. 나 마실 좀 다녀온다고 해. (하고 바삐 가려는데)

순덕　(달려 나와) 어머니가 눕더니 꼼짝 않으세요. 갑자기 말씀도 안 하시고.

외삼촌　하이고. 그럼 자는 거지. 쉿. 조용히 해. 다시 깰라. 깨면 나 붙들고 또 헛소리 시작하고. 나 저기 방앗간하고 담배 가게 좀 들렀다 오마.

순덕　숨을 쉬지 않으세요.

외삼촌　뭐여?

외삼촌과 순덕이 집으로 허겁지겁 들어간다.
사이.
진구 모가 소복을 입고 집에서 나와 한 바퀴 공간을 휘돈다. 의원이 등장하여 황급히 집으로 달려 들어간다.

외삼촌　(소리) 아이고 누님. 이게 뭐여!!!!

순덕　(소리) 어머니, 어머니.

진구 모는 산모퉁이를 돌아 이층무대로 올라가 이들을 내려다본다. 집에 조등이 매달린다. 밤이다. 진구가 지게를 지고 등장하여 가로등 아래에서 국밥집을 살피며 서성이다가 조등을 보고 놀란다. 진구 헐레벌떡 달려간다.

진구 어머니, 어머니!!! 순덕아, 순덕아!!! 무슨 일이야. 누가 죽은 거야. 어머니, 어머니. 순덕아 순덕아!!!

진구는 국밥집을 두들기며 고함을 친다. 문이 열리지 않고 고요하다. 무릎을 꿇고 땅을 치며 울다가 지쳐 웅크리고 앉는다. 시간이 흐른다.

진구母 진구야, 울지 마라. 네가 살았으니 됐다.

진구 모는 안개 속으로 사라진다.
사이.
순덕이와 외삼촌이 상복차림으로 터덜터덜 들어온다. 진구 모를 묻고 오는 길이다. 다가오면서 순덕이가 이상한 듯 살핀다. 순덕이 진구를 발견한다.

순덕 저게 누구예요? 외삼촌, 저게 누구요. 헛것을 본 건가.

진구, 그들을 발견하고 일어난다. 외삼촌이 안경을 빼들고 들여다보다가 다가가 붙잡아 팬다. 그의 분노의 목소리는 점점 흐느낌으로 바뀐다.

외삼촌　이놈, 이 망할 놈아, 여기가 어디라고 온 거여! 어디서 뭘 하다가 이제 무슨 낯으로 여길 나타났냐 말여. 오려면 일찍이 오지. 옥이는, 옥이는 본 겨? 너 찾으러 갔다 행방불명이 됐어, 이놈아. 니 엄니도 죽었어. 이런 후레자식아. 그러니 너랑 나랑은 이제 아무 연이 없는 겨. 집 떠난 게 대체 몇 년이여. 이러고도 니가 인간이여? 가. 가라고. 내 눈 앞에서 사라지라고. 꼴도 보기 싫어. 순덕아 저 앞마당까지 소금 뿌려라. (집으로 들어간다)

순덕　들어가요. 외삼촌 화내는 거 잠시여요. (사이. 한참을 보다가 먼저 들어가려는데)

진구　(침묵. 말없이 돌아서 왔던 길로 나간다)

순덕　(소리친다) 또 어딜 가려고요. 가더라도 어머니 산소가 어디 있는지 알고나 가야지!!! 에이! (화를 내며 집안으로 들어간다)

진구　죄인이다. 나는 죄인이다. 어머니 산소에 갈 용기가 나지 않는다. 엎드려 용서를 구한들 무엇 하는가. 돈, 돈을 벌어야한다. 꼭 돈을 벌어 내 다시 오리다. 그때 꼭 호강시켜 주리라. 아니다. 거짓이다. 새빨간 거짓이다. 아들 역할 못한 놈이 남편 노릇하겠느냐. 모두 거짓이다. 울지 마라. 눈물도 사치다. 그러니 차라리 침묵하자.

제14장

자막 – 순덕과의 재회. (1994년 가을)

회장실, 늙은 진구와 유빈의 인터뷰가 계속된다.

늙은진구 나는 닥치는 대로 일을 했어. 때를 밀고, 구두를 닦고, 짐을 나르고 그렇게 미친 듯이 돈을 모으고 야간에 공부를 했지. 그리고 교회 선교사를 졸라 미국으로 갔어. 그렇게 세탁소에 취직하고 다시 공부하고. 큰돈을 벌어 고국으로 돌아왔을 때, 나를 기억하는 사람은 아무도 없었어. 예전 그 국밥집 터에는 다른 건물이 들어서고 천지개벽한 이 나라가 도대체 어디가 어딘지 그 빽빽한 빌딩 숲에서 나는 이방인이었지. 디아스포라. 그리고 마침내 83년인가 KBS방송국에서 이산가족 찾아주는 운동을 했어. 난 달려갔지. 그러나 허사였어.

유빈 그래서 홧김에 방송사 유리창을 깨고.

늙은 진구 내가 유리창을 깼다고? 언제? 내가 유리창을 깨다니 바람이 불어서 깨졌겠지.

유빈 네, 바람이 유리창을 부수는 바람에 사회부 초짜 기자였던 저는 경찰서에서 처음으로 회장님을 인터뷰 했고요. 벌써 10년이 넘었네요. 사모님은 건강하시죠?

늙은 진구 (상단 회장실에서 내려온다) 그럼. 여기가 바로 당신 덕분에 아내를 다시 만난 그 자리야. 그해 김일성이 죽고, 성수대교가 무너졌지.

도시 공원의 벤치. 서울이 내려다보이는 곳
순덕, 세련된 모습으로 곱게 차려입고 걸어온다.
두 사람 서서 말이 없다. 늙은 진구가 입을 연다.

늙은 진구 당신은 참 예쁜 여자야.

순덕 말솜씨가 늘었어. 미국에서는 다 그렇게 말하나 봐.

늙은 진구 미국에서 자리를 잡고 당신한테 편지를 썼어. 헌데, 수취인불명으로 되돌아 왔어.

순덕 이사를 자주 했으니까.

늙은 진구 그래서 당신을 꼭 만나게 해달라고 성당에 나가 기도를 했어요.

순덕 그 기도를 들어줄 리가 있어?

늙은 진구 내가 방송에도 여러 번 출연했는데 못 봤어요?

순덕 난 방송은 안 봐요. 드라마에 빠져서 가스 켠 것도 모르고 있다가 국밥집 홀랑 다 태워버린 적이 있어서.

늙은 진구 당신한테는 정말 면목이 없어.

순덕 어머니 초상 치르고 난 뒤, 봄꽃이 피면 오겠지. 단풍이 물들면 다시 오겠지, 첫 눈이 오기 전까지는 돌아오겠지, 그렇게 한 해 두 해가 가고 10년 20년 강산이 변하고 나도 변하고 내 마음도 변했네요.

늙은 진구 여보. 날 용서해 주시구려.

순덕 (일어나며) 가게 나가야 해. 이거 받아요. 어머니 기일하고 산소 주소와 위치를 그려 놨어요. 그 옆이 외삼촌 산소이고 이제 당신이 챙겨요. 나도 늙어서 힘들어. (사이) 근데 좀 전에 여보라고 했어요?

순덕이 피식 웃으며 먼저 일어나 간다. 늙은 진구 그녀를 따라 걷다가 돌아선다.

늙은 진구 순덕이는 내 도움이 필요하지 않을 만큼 경제적으로 윤택했고, 우아하게 늙어가고 있었어. 정작 내 도움이 필요한 사람은 북에 있었어. 나는 탈북자들을 돕고 그들을 위한 인권단체도 만들었지. 그리고 마침내 북에서 소식이 왔어. 축구공 하나로 세상이 떠들썩하던 날.

제15장

자막 – 만만한 인생이여, 2002년 여름.

영상. 오, 필승코리아, 2002년 월드컵 경기와 응원전이 펼쳐진다. 진구는 그 자리에 서 있다. 전화벨소리. 비서실장이 진구에게 다가온다.

비서실장 회장님.

늙은 진구 왜?

비서실장 유빈 기자가 급히 연결을 원합니다.

유빈 북한 고위층에서 최근 비밀리에 미국으로 망명한 사람이 있는데 우리 신문사로 연락이 왔습니다. 뭔가 전해드리고 싶은 게 있답니다.

늙은 진구 몇 달이 지나서 그들이 나를 찾아 왔어.

무대 후면에서 철민의 가족들이 등장한다.

박진구 안녕하십네까. 저는 박철민의 아들 박진구라고 합네다.

늙은 진구 (잠시 말을 잇지 못한다. 눈물을 글썽이며) 내가 평양에서 본 그 갓난이로군?

박진구 여긴 제 아내. 그리고 딸.

늙은 진구 잘 왔네. 어머니는?

박진구 94년에 돌아가셨습니다. 남으로 가게 되면, 꼭 회장님을 찾아보라고. 아버지 소식을 알 수 있을지도 모른다고. 그리고 여기, 어머니께서 돌아가시기 전에 회장님 만나면 꼭 전해주라는 것이 있는데. (작은 상자를 건넨다)

늙은 진구 그날 내가 그녀에게 전한 편지였어. 그 편지 아래에 이렇게 한 줄이 더 쓰여 있었어. "사랑은 역사보다 무겁고, 죽음은 나비처럼 가볍다."

효숙이 연기처럼 등장하여 박제처럼 선다.

늙은 진구 나도 자네에게 줄 것이 있다네.

박진구 (비서가 건네는 작은 액자를 받는다) 아, 부모님 결혼식 때 사진. 제가 태어나기 전이죠. 아버지는 어떤 분이셨죠?

늙은 진구 아, 뭐랄까. 아버지는…… 그래, 산 같은 사내였지. 아니, 산보다 더 큰 사람이었지. (눈시울을 적시며) 어머니의 고향에 온 것을 환영하네.

유빈 (시계를 보며) 비행기 시간이 다 되었습니다.

박진구 아, 예. 늘 강녕하십시오.

늙은 진구 짧은 이별 긴 사연이로군. 살면서 우리 차차 이야기 하세.

유빈 회장님, 좀 쉬십시오. 안색이 좋지 않습니다.

늙은 진구 괜찮아요. 유빈 기자. 정말 고맙소. 정말 고마우이.

모두가 퇴장하는 사이. 무대는 산소로 바뀐다. 늙은 진구는 어머니 산소 앞에 선다. 순덕이 천천히 걸어온다.

순덕　　효숙 선생…… 죽었답니까?

늙은 진구　(끄덕인다)

순덕　　미움도 정이라고. 눈물이 나네. 기운 내요. 우리도 곧 갈 건데 뭘. 우리가 가면 저 산소들은 누가 돌보나. 나 먼저 가요.

순덕 내려걷다가 죽은 듯 박제가 되어 선다. 굳은 몸으로 진구를 바라본다. 무대 중앙의 늙은 진구와 그 양쪽으로 순덕과 효숙 두 여인이 박제가 되어 서 있다. 세 사람이 묘한 균형을 이룬다.

늙은 진구　사랑은 역사보다 무겁고, 죽음은 나비처럼 가볍다. 죽음 은 나비처럼 가볍다. 아, 어머니. 어머니 몸이 나비처럼 가벼워질 때까지 그 얼마나 모진 고통을 겪으셨을까.

늙은 진구가 온몸으로 비통하게 시를 읊는 동안 어머니, 외삼촌, 옥이, 철민 등 추억의 인물들이 등장하여 찰라와 같이 그 주위를 에 워싼다.

늙은 진구　안개 속을 걷는 것은 인생과도 같다. 물론 나는 잘 알고 있다. 오로지 운이 좋았던 덕택에 나는 그 많은 사람들

보다 오래 살아남았다. 또한 나는 잘 알고 있다. 저 골목 모퉁이를 비집고 돌면 나의 죽음을 알리는 조등이 있다는 것을.

(노래처럼 시처럼 울먹이며 읊조린다)
사랑은 나비처럼 다가와
가시처럼 내 가슴에 멍들고
아픈 사람 향기 되어 흔들리며 머무네.
인생은 바람처럼 다가와
강물처럼 어디론가 흐르고
지친 세월 눈물 되어 흔들리며 떠나네.
저 골목 모퉁이를 돌면
푸른 흐린 달빛 아래
외로이 서 있는
낯선 그림자 하나.

(외친다)

매 순간 죽음의 공포에 흔들리며 살았다.
그래, 흔들리며 걷지 않는 사람 어디 있으랴.
어떤 사람도 다른 사람을 알지 못한다.
아무도 나를 알지 못한다.
이제 나는 다시 혼자이다.
다시 오라. 나의 인생이여.

나의 만만한 인생이여!!!

늙은 진구는 천천히 무대 뒤쪽으로 걸어간다. 산안개가 낮게 깔린다. 마치 죽음처럼 그 안개 속으로 천천히 걸어 들어가며 긴 그림자를 남긴다. 무대 어두워진다.

막.

한국 희곡 명작선 52

만만한 인생

초판 1쇄 인쇄일   2021년 1월 10일
초판 1쇄 발행일   2021년 1월 20일

지 은 이   이대영
만 든 이   이정옥
만 든 곳   평민사
           서울시 은평구 수색로 340 〈202호〉
           전화 : 02) 375-8571
           팩스 : 02) 375-8573
           http://blog.naver.com/pyung1976
           이메일 pyung1976@naver.com
등록번호   25100-2015-000102호
ISBN   978-89-7115-750-3   03800
           978-89-7115-663-6 (set)
정   가   8,000원